Jo Lendle

DIE KOSMONAUTIN

Jo Lendle

DIE KOSMONAUTIN

Roman

Deutsche Verlags-Anstalt

Der Autor dankt dem Deutschen Literaturfonds,
der Kunststiftung NRW und der Robert Bosch Stiftung
für die Unterstützung bei Arbeit und Reisen
zu diesem Buch.

»Abwurf des Nasenkegels. Ich sehe die Erde! Wie herrlich! Befinden gut, Überbelastung nimmt zu. Sehe Wälder, Wolken.«

Juri Gagarin

I KLEINER FINGER

DIE STRASSE war gerade. Ihre Bewegung lag allein im Auf und Ab, mit dem sie dem hügeligen Verlauf des Landes folgte. Die Straße, Mitte des vergangenen Jahrhunderts durch eine Brigade von fünfzig Männern und einer von Pferden gezogenen Walze gebaut, hatte an keiner Stelle die natürliche Ordnung der Landschaft verändert. Mit ihren zwei Fahrbahnen zu beiden Seiten eines grasbewachsenen Mittelstreifens folgte sie den flachen Höhen und Senken wie die Spur eines langen, staubgrauen Trecks, die nach dessen Verschwinden für eine Weile unübersehbar bleibt, um allmählich doch zu verwehen und am Ende spurlos aufgehoben zu werden von der Übermacht der Zeit. Die Brigade hatte sich fünf Sommer lang durch die Steppe gearbeitet, hier und dort lagen noch immer wie Seitmoränen die kaum verrotteten Überreste ihres Wirkens, einzelne mannshohe Reifen, pastellfarben verblichene Ölfässer, altes Gerät. Die wenigen Gräber konnten ebensogut jünger sein, sie mochten Reisende bergen, die von der Gleichförmigkeit des Straßenverlaufs übermannt die Fahrbahn verlassen hatten, um unglücklich auf einen der wenigen kümmerlichen Bäume zu treffen. Dort wo, einige Autostunden zurück, die Straßenarbeiten geendet hatten, lag in einem Winkel der Kreuzung noch immer die zurückgelassene Walze, ein staubrotes Relikt von erschreckend geringem Ausmaß, als hätte ein einzelner Gegenstand auf keinen Fall gewichtig genug sein können, um den schon zur Eröffnung als historisch gefeierten Fahrweg zu planieren. Oder als sei selbst eine aus mehreren Tonnen Stahl geschmiedete Walze von der Härte dieser Aufgabe abgenutzt und verbraucht.

Es waren niedrige Erhebungen, über die der Weg führte, in schnellem Wechsel folgte auf jede Senke eine Steigung und ließ nur eine Ahnung von Ausblick zu. Aber die Flanken waren ausreichend steil, um gleich darauf, wenn die Fahrbahn längst wieder hinab zum Grund zu führen begann, den Wagen weiter in die Höhe empor zu beschleunigen und ihn für Momente, für die Dauer eines Herzschlags, zwischen Himmel und Erde zu belassen. Herausgenommen und frei, ohne Anziehung, ohne Gewicht.

Hella konnte nicht aufhören damit. Seit Stunden, seit sie abgebogen war auf diese menschenleere, hingegossene Doppelpiste, drückte sie an jeder Steigung das Gaspedal bis zum Blech des Autobodens durch, bis endlich die Automatik hinunterschaltete, den Motor aufheulen ließ und sie mit einem Schwung über den Scheitelpunkt der Anhöhen sprang, der sie schwindelig machte, eine kontrollierte Übelkeit, daß es in ihrem Bauch hüpfte, als gäbe es da keinen Gurt, keinen Bund und keine Enge. Sie sprach kein Wort, sie sang nicht, sie dachte nicht einmal nach, seit Stunden begnügte sie sich in der allmählich einsetzenden Dunkelheit damit, einen mit nichts als Proviant, etwas Kleidung und einigen Erinnerungsstücken beladenen Kleinwagen an den Rand der Schwerelosigkeit zu jagen.

ÜBER DIE MORGENDÄMMERUNG war sie in einer Weise erleichtert, daß es sie ängstigte. Erneut war sie die ganze Nacht über gefahren, müde und mit dem unablässig wiederholten Gedanken im Kopf, jederzeit anhalten und ein wenig ausruhen zu können. Aber jedesmal hatte sie diese Stimme mißachtet, war wie zur Antwort schneller gefahren, vorgebeugt, mit weit geöffneten Augen, als könne sie der Sehnsucht entkommen, auf panische Art wach, während das Bedürfnis nach Schlaf womöglich irgendwann selbst einnicken würde. Sie hatte es sich nicht eingestanden, aber sie ahnte in diesen Stunden völliger Dunkelheit, daß sie, hätte sie dem Wunsch nach Erholung nachgegeben, nicht hätte sagen können, in welche Richtung sie beim Erwachen in dieser leeren, richtungslosen Weite aufgebrochen wäre. Es wurde ihr viel zu leicht gemacht zu wenden.

Nun kam das Licht zurück, zunächst als blauer Glanz, als Ahnung eines neuen Tages, die mit dem Voranschreiten der Dämmerung immer bestimmter wurde. Als die Büsche auf ihrer Höhe sich noch in letzte Dunkelheit duckten, hatte die Bergkette im Norden allmählich zu leuchten begonnen wie eine rotorange strahlende Warnung vor etwas, das sich in dem Zwielicht um sie herum noch nicht zeigte. Dann war es hell geworden wie ein erster Tag, und in dem Moment, da der oberste Streifen Sonne grell über den Rand der Welt rückte, schloß sie die Augen, geblendet und benommen vor Erleichterung, und fuhr für einige Atemzüge blind weiter in die seit Tagen immergleiche Richtung.

Als sie die Augen wieder öffnete, stand auf dem Mittelstreifen der Straße eine Kuh. Sie graste. Hella sah es von weitem, fuhr langsamer, erst aus Verwunderung, dann aus Vorsicht, und entschied dann, anzuhalten. Nun war sie froh über eine Unterbrechung. Auf dem Standstreifen rollte sie aus und hielt am Rande der Straße, wo flache, trockene Buschgruppen wuchsen. Ihre Hände brannten vor Kälte oder Erstarrung. Im Rückspiegel sah sie das Tier, das aufschaute. Ein Mann saß dabei. Sie stieg aus, und dort neben dem Wagen war es still und fest, als sei sie an Land zurückgekehrt. Beide sahen zu ihr hin, das Tier und der Mensch, und am Ende war es die Kuh, die als erste den Blick senkte.

Der Mann saß auf dem Boden, auf einem roten, ausgeblichenen Tuch. Das Seil der Kuh hatte er sich um ein Bein geschlungen, neben den beiden lagen ein Stock und mehrere Töpfe, der kleinste denkbare Bauernhof. Der Mann winkte sie heran. Bevor sie sich zu ihm hockte, riß sie einige Halme aus und hielt sie der Kuh auf der flachen Hand hin. Das Tier war mager, unter seinem farblosen Fell standen die Knochen hervor. Mit ruhigem Schnauben hob die Kuh den Kopf zu Hella auf, verharrte für einen Moment vor den Gräsern, um sie dann mit einer gelassenen, feuchten Bewegung ihrer Zunge zu sich zu nehmen. Hella hätte sie gern umarmt. Sie ließ sich nieder und nickte dem Hirten zu. Er hatte ein ockerfarbenes Stück Stoff um den Kopf gebunden, der Rest des Körpers war bis zu den Knien unter einem dunklen, filzigen Umhang verborgen. Die Augen des Mannes standen weit auseinander. Er schaute sie an, und vielleicht lag es am Abstand zwischen seinen Augen, daß Hella der Blick durchdringender erschien, doppelt, aus mehr als einer Richtung. Der Hirte nahm den Deckel von einem der Töpfe, schöpfte mit einem Plastikbecher etwas Milch und hielt ihn ihr hin.

Hella nahm einen Schluck. Die Milch war warm, auch wenn der Eindruck aus der Empfindung ihrer eigenen

Kälte täuschen mochte. Sie erschrak über die Stärke des Geschmacks, es kam ihr vor, als sei dagegen jede andere Milch, die sie zuvor getrunken hatte, leblos gewesen, und diese hier auf einmal lebendig. Obwohl wahrscheinlich erst vor Minuten gemolken, hatte sie bereits einen Stich, ein erstes Anzeichen von Gärung. Sie schmeckte nicht einfach säuerlich, hinter dem Sauren verbarg sich ein bitterer Geschmack, der sogleich Bilder aufsteigen ließ von Dingen, die man im Mund zerbiß, obwohl sie nicht dorthin gehörten, von Baumrinde, Blütenblättern oder Moos. Sie merkte, daß dieses Getränk eine schwindelerregend deutlichere Vorstellung von einem Tier auslöste als die große Kuh neben ihr. Und mehr noch: In diesem Geschmack entdeckte sie eine Idee von Erde, die greifbarer war als der Boden, auf dem sie saß. Sie wußte, daß sie, wenn sie den Becher einmal abgesetzt hätte, sich nicht würde überwinden können, einen weiteren Schluck zu nehmen, und stürzte den Rest mit zusammengekniffenen Augen hinunter.

Der Mann sah ihr zu. Er selbst trank nicht, wahrscheinlich hatte er sein Frühstück bereits gehabt. Er winkte in die Richtung, aus der sie kam, ruhig und gleichmäßig, bis Hella verstand und den Namen ihres Landes sagte, wie es ihr einfiel, englisch, spanisch, schwedisch, tschechisch. Sie hätte auch gerne gewinkt. Er ließ die Hand sinken und lächelte sie an, um sich gleich darauf mit einer kleinen Bewegung umzuwenden und nun in die andere Richtung zu deuten, dorthin, wohin sie unterwegs war. Hella lächelte nicht. Station, sagte sie, jetzt auf deutsch, und winkte nun selbst nach vorne, dann sagte sie, Kosmonaut, und klopfte sich an die Brust. Der Mann überlegte einen Moment, dann hob er einen Zweig vom Boden auf, nahm ihn zwischen zwei Finger und stellte ihn aufrecht vor sich auf die Erde. Er sah sie an und löste auch nicht den Blick von ihr, als er den Zweig jetzt langsam aufsteigen ließ, er hob ihn in einer ruhigen Bewegung zwischen ihnen in die Höhe. Hella schaute seiner Hand hinterher, es war ein sehr kleiner, dürrer Zweig. Als er die Höhe seines ausgestreckten Armes erreicht hatte, ließ ihn der Mann für einige Augenblicke dort stehen vor dem leeren, dunkelblauen Himmel, bevor er die Hand wieder auf seinen Schoß legte. Ja, sagte sie in den Himmel hinein und ließ ihren Blick noch da in der Weite, bis sie auf einmal sah, daß er dort ja stand, sie konnte auf ihr Reiseziel ja zeigen. Breit, der Sonne zugewandt, hing er über dem Horizont, ein blasses, unbewegliches Auge, leicht schräg gestellt, das Lid ein wenig geschlossen. Sie wies hinauf. Der Mann sah sie an. Es war nicht zu entscheiden, was er dachte. Dann nickte er. Sie hatten, soweit das möglich war, einander verstanden.

Er gab ihr nichts mit, und sie ließ ihm nichts da, sondern brach auf, wie sie gekommen war. Er fehlte ihr schon beim Abschied. Sie streckte ihm die Hand hin, und er nahm sie, als habe er noch nie eine Hand genommen, faßte sie mit beiden Händen und drückte sie sich für einen Moment an die Brust, mehr war es nicht. Seit Monaten hatte sie geglaubt, sie brauche jemanden zum Reden, und glaubte es nun nicht mehr.

Beim Losfahren machte sie zum ersten Mal während dieser Reise das Autoradio an und fand auf Kurzwelle einen Sender, der Schubertlieder spielte, zwischen den Stücken redeten ein Mann und eine Frau, wohl über die Musik, es war kaum etwas zu verstehen.

IN KLOV verließ sie die Autobahn, zum ersten Mal seit sie sich auf den Weg gemacht hatte. Sie war zu Hause aufgebrochen wie immer, hatte gezögert, ob sie den Weg durch die Stadt nehmen solle, war dann über die Dörfer gefahren, auf den letzten Kilometern führte die Nebenstraße parallel zur Autobahn durch leuchtend gelbe Rapsfelder, hinter denen hier und da schon die Schilder auftauchten, für Momente die schnelle Folge der Fahrzeuge, zu denen sie noch nicht gehörte, wie auf einem langen, viel zu langsamen Beschleunigungsstreifen, dann hatte sie die kurze Auffahrt erreicht, eigentlich eine Behelfszufahrt für die Autobahnmeisterei, sie hatte sich eingereiht.

Am ersten Tag jagte ihr jede Unterbrechung eine unerklärliche Angst ein. Sie war an Raststätten nur abgefahren, wenn es sich nicht vermeiden ließ, mal zur Ölkontrolle, einmal hatte sich der Auspuff seltsam angehört, meist einfach zum Tanken. Sie war dann sitzen geblieben, von fern hatte sie das Hantieren des Tankwarts vernommen, durch die Karosserie weitergetragen und dumpf verstärkt, eher mit dem ganzen Körper wahrgenommen als nur gehört, wie die durchdringenden Geräusche beim Zahnarzt. Das Schlagen der Klappe, das Knirschen, wenn der Deckel aufgedreht wurde, das harte Rütteln des Stutzens in einzelnen Schlägen, es erinnerte sie ans Ausklappen des Fahrwerks bei einem landenden Flugzeug, ein Geräusch, das hätte beruhigen können und doch erschreckte. Erst am Morgen des zweiten Tages hatte sie auf einmal grundlos die Ausfahrt zu einem Rastplatz genommen. Sie war im Wagen sitzen geblieben, die Hände am Lenkrad, das nun ganz stillstand, auch wenn sie seine Bewegung eine Weile lang noch zu spüren glaubte. Sie hatte die Augen geschlossen. So hatte sie es dann einige Male gemacht, auf Parkplätzen, einmal auch direkt auf dem Seitenstreifen. Mit jedem Halt hatte sie sich weiter von dem entfernt, woher sie kam. All die Stunden, in denen sie einfach fuhr, führten sie nicht so weit fort wie diese Bewegungslosigkeit. Jeder dieser Momente schloß etwas hinter ihr, einen Zugang, bis es am Ende immer unvorstellbarer wurde, umzukehren, immer weitere Türflügel schlugen hinter ihr zu, um nichts in der Welt hätte sie entscheiden können, ob der gedachte Korridor, den all diese Türen offensichtlich bildeten, aus etwas hinaus führte oder in etwas hinein. Am Ende hatte sie jedesmal, noch immer blind, nach dem Zündschlüssel getastet, hatte den Motor gestartet, geblinzelt und war losgefahren, nun wieder wach und sehend, man konnte, so sehr sie es bedauerte, mit geschlossenen Augen nicht Auto fahren.

Natürlich hatte es Freunde gegeben. Zum Abschied war sie bei Karola gewesen, in der Hoffnung auf Verständnis, soweit, das wußte sie selbst, Verständnis möglich war. Und Karola hatte, als alles erzählt war, im Kochen innegehalten und sich zu ihr umgedreht. So war es immer gewesen, bei jeder Entscheidung in ihrem Leben, daß die Freundin als erstes ihre Schürze vom Haken hinter der Tür nahm und begann, jede Zutat, derer sie habhaft werden konnte, zu bearbeiten. Sie legte sie alle vor sich auf die Arbeitsplatte zu einem wilden Mosaik und begann, nachdem alles geputzt und gewaschen, geschält, entbeint, blanchiert, entkernt, gehäutet war, mit dem Schneiden. Das war ein lange währendes, über die Maßen feines Zerkleinern, bis alle Zutaten allmählich ununterscheidbar geworden waren. Wie sie sich tief über ihre Arbeit beugte, schien es, als reiche ihre Aufmerksamkeit nicht über die kleine Fläche des Schneidbrettes hinaus. Aber am Ende, wenn Hella auf dem Stuhl beim Fenster, auf dessen hölzerner Lehne ihre

Hände bewegungslos ruhten, damit fertig war, der Küche, sich selbst oder dem Fensterausschnitt des Himmels ihre Geschichte zu erzählen, drehte Karola sich um.

»Also«, hatte sie gesagt, »dann fahr, Tobi hätte es gefallen«, als sei das alles eine Frage gewesen und als lasse sie sich auf diese Weise beantworten. Sie müsse halt vorher ihre Dinge ordnen. Hella war verblüfft gewesen. Was sollte sie ordnen und warum gerade jetzt – erst jetzt oder schon jetzt?

Früher habe jeder, der weiter als bis ins nächste Dorf fahren wolle, sein Testament gemacht, sagte Karola. Und ihre Reise scheine recht weit zu führen.

Das wußte sie selbst. Aber was nützte ein Vermächtnis, wenn es niemanden gab, das Erbe anzutreten? Sie konnte nicht ausgerechnet in dem Moment ihr Testament machen, da keiner mehr bei ihr war. »Das ist es ja«, warf Karola ein. »Man macht sein Testament nicht, um etwas zu hinterlassen.«

»Sondern?«

»Es ist ein Zeichen, daß man bereit ist, fortzubleiben.«

Hella hatte sich in ihrem Stuhl ganz zum Fenster gedreht, sie sah all das, was er nicht mehr sah, die Dächer der gegenüberliegenden Häuser und dahinter alles, was darüber hinausragte, eine Pappelreihe, Kirchtürme, Sendemasten, weiter hinten den Schornstein des Heizkraftwerkes, an dem bei dieser Kälte eine feste, unbewegliche Wolke aus hellem Weiß stand. Und darüber den Himmel, natürlich, der sich schon färbte, auch wenn sie es nicht sehen wollte. Immerzu wies alles nach oben.

ES WURDE FLACHER. Die Bergzüge links und rechts liefen aus, sie fuhr in eine Ebene, die sich in die Ferne zog, so weit man sehen konnte. Kleinste Erhebungen bildeten einen Horizont. Eine zerfallene Hütte im Gelände, eine Fernwärmeleitung, die niedrigen Büsche zu beiden Seiten der Fahrbahn, von denen Hella jetzt merkte, daß es Felder mit Heckenrosen waren, deren kleine, weiße Blüten sich kaum geöffnet hatten. Ihr fiel nicht ein, zu welchem Zweck die Plantagen hätten angelegt sein können. Sie fuhr. Wenn es nicht mehr ging, schaltete sie das Radio ein, versuchte die Lieder mitzusingen oder wiederholte einzelne Wörter und Sätze, die gesagt wurden, in welcher Sprache auch immer. Mittags machte sie halt, es war ein Ort von wenigen hundert Häusern, er hatte sich seit langem angekündigt. Im Näherkommen war eine Nervosität zu spüren gewesen, mehr Vögel, mehr Bremsspuren auf dem Asphalt. Die Zahl der Tüten am Straßenrand hatte sich erhöht, neben denen jetzt manchmal Hunde standen, in ihrer Suche unterbrochen schauten sie zu ihr auf. Später Fahrradfahrer, mit ihren Frauen auf dem Gepäckträger, in farbigen Windjacken, die Stiele der Werkzeuge standen ab, über der Lenkstange hingen Eimer. Hella fuhr über riesige, mit weißer Farbe auf die Fahrbahn gepinselte Buchstaben, Parolen vielleicht oder ein Gruß. Eine andere Färbung der Luft, hier und da Ziegen an einem Pflock. Baumreihen begannen die Straße zu säumen, an den Stämmen hingen Plakate, offenbar Kandidaten für eine Wahl. Von weitem ein glockenförmiger Wasserturm, dann erste Häuser, auf dem Ortsschild ein Name in zwei Sprachen, die sie beide nicht kannte, und als sie im Ort an einem kleinen Brunnen anhielt und nachschaute, konnte sie ihn auf der Karte nicht entdecken.

Sie stieg aus, es war menschenleer. Die meisten der Häuser waren niedrig, manche noch aus Holz gebaut und geschmückt mit wild geschwungenen Schnitzereien, die lange schon verwitterten. Dem Brunnen gegenüber stand ein flaches, graues Steingebäude mit breiter Eingangstreppe, ein Rathaus oder eine Schule, die Fahnenhalter neben der Eingangstür waren leer. Über dem Portal öffnete sich ein rundes Loch, wo früher einmal die Uhr gewesen war. Aus der Mitte ragten zwei Kabel zu den Seiten heraus, ein langes und ein kurzes, sie wiesen auf halb acht, was ungefähr zutreffen mochte.

Zwischen den eng gesetzten Holzhäusern standen vereinzelt Steinbauten, am Ende der Zeile erhob sich ein Hochhaus, die Fassadenplatten strahlten rostrot, überall trocknete Wäsche. Eine der Platten hatte sich gelöst und hing schräg und gefährlich in der Wand, sie fand Halt auf dem darunterliegenden Balkon, dessen Bewohner den Wäscheständer zur Seite hatten rücken müssen. Jedes der Fenster war mit Vorhängen geschmückt. Auf der Wiese neben der Haustür graste ein Esel.

Hella ging zu dem kleinen Spielplatz vor dem Gebäude und setzte sich aufs Ende einer gelben Rutsche. Von weitem meinte sie Musik zu hören. Sie legte sich zurück in die Rutschbahn, bis sie ganz eingefaßt war von den Rändern und nur noch den Himmel sah. Ihn erkannte sie wieder. Er war leer bis auf einen Wolkenstreifen, der sich quer über Hella hinweg spannte, von einem Horizont zum anderen, sie hätte nicht einmal entscheiden können, ob es die Spur eines Flugzeugs war oder ob er ohnehin dort gewesen wäre, von selbst, auch ohne sie alle. Sie legte die Hände auf dem Bauch zusammen und schlief ein.

Eine Stimme weckte sie, und auch als Hella nach einer Weile wieder wußte, wo sie war und was es zu bedeuten hatte, daß sie zwischen lauter bunten Spielgeräten saß, von denen jedes mit einem aufgemalten Mickey-Maus-Gesicht zu ihr herüber lachte, blieb die Herkunft der Stimme ungeklärt. Man hörte, daß sie aus einem Lautsprecher kam, ein beständiger Singsang, den die Übertragung ein wenig verzerrte, immerzu umspielte sie einen einzigen eindringlichen Ton, fordernd oder verlockend. Sie klang wie losgelöst von den Bedingungen eines menschlichen Körpers, der die Spannung doch für Momente verlieren würde, der zumindest einmal hätte Luft holen müssen. Hella mußte sich selbst einen Stoß geben, um wieder einzuatmen. Für einen Moment glaubte sie, es sei ein Muezzin mit seinem Ruf zum Gebet, aber dazu war die Stimme zu süß, zu werbend. Wer immer da sprach, er meinte es nicht wirklich ernst.

Sie rieb sich die Augen und fuhr sich durchs Haar. Dann stand sie auf und ging in die Richtung, aus der die Stimme am ehesten zu kommen schien.

Es begann bereits zu dämmern. Die niedrigen Häuser verbargen sich mit geschlossenen Türen in ihren Schatten, noch flacher jetzt, als hätten sie ihre Dächer verloren. Der Himmel aber war klar, er färbte sich gelb und grün an den Rändern, wie aus Übermut. An den Straßenecken standen Laternen und beleuchteten sich selbst oder die Girlanden ihrer Kabelstränge. Aus einem Hauseingang ergoß sich ein dunkler Schwall Waschwasser, schlug in der Mitte des staubigen Gehsteigs auf und floß auseinander. Vornweg auf seiner Bugwelle schwamm leuchtend hell und weiß der Kranz einer Schaumkrone, dahinter blieb ein Rund aus nassem, stumpfem Schwarz zurück.

Hella kamen Gruppen von Kindern entgegen, die einander müde an den Händen hielten. Sie trugen Ledertäschchen um den Hals, aus denen Plastikrosen, Federn und Zuckerspieße ragten, manche hatten nicht einmal mehr die Deckelschnallen schließen können und hielten ihre Schätze mit der freien Hand zusammen. An Hydranten lehnten Paare, sie rauchten und sahen in den Himmel. Der Gesang wurde lauter.

Das Fest selbst fand am Ortsrand statt, auf einer freien Fläche, die aussah wie ein Parkplatz, aber wahrscheinlich den Markt bildete. Väter hielten ihre geschmückten Kleinkinder auf den Schultern, in den Bögen der Kandelaber, die den Platz umstanden, klammerten sich Jugendliche fest und winkten nach allen Seiten. Frauen beugten sich über ihre Kinderwagen, einige Jungen hatten Getränkeflaschen zum Verkauf vor sich aufgereiht, zwischen den Ständen mit gebratenen Maiskolben, Süßigkeiten und Schmuck fuhren im Schrittempo einzelne Motorroller mit eingeschaltetem Licht.

Es war ein Rosenfest, ein Erntedank der Rosenbauern, deren Felder die Straße gesäumt hatten. Durch die Beine der Menge sah man den von Blütenblättern übersäten Boden, hier und da lagen die dickeren Büschel noch zusammen, in denen die Blüten angeliefert worden waren, als dichte, von Bindfäden umschnürte Packen. Die Blüten bildeten einen weißrosa Grund, der wie eine zähe Flüssigkeit die Strömungen der Menschen nachzeichnete, an den Stellen größerer Bewegung löchrig wurde und sich in den Winkeln der Durchgänge zu mächtigen Polstern verwirbelte. Hella wunderte sich, wie schwach ihr der Geruch erschien, womöglich steckte sie schon zu tief in dem Parfum, um es noch wahrzunehmen, war ihre Nase längst betäubt von der Gegenwart eines Eindrucks, den sie sich nur als eine den Ort überwölbende rosafarbene Wolke vorstellen konnte.

An einem Ende des Platzes stand auf der freien Ladefläche eines Lastwagens ein einzelner Mann und sang. Er war ganz in Weiß gekleidet, in einem weit geschnittenen Anzug, der ihn aussehen ließ wie einen ersten Schlagersänger. Um seinen Hals hing eine Kette aus blassen Rosen, die langen Haare trug er zusammengebunden, er bewegte sich nicht. Seine Stimme drang von den Lautsprechertürmen an den Rändern des Platzes herüber, während aus seiner Richtung kein Laut kam, so daß er unüberhörbar war und gleichzeitig aussah wie stumm. Die Menschen schauten zu ihm hin, viele wiegten sich im Rhythmus seines einförmigen Gesangs, immer wieder kletterte jemand zu ihm hinauf, ein junger Mann, der sich mit absichtsvoller Leichtigkeit über die Kante schwang, Gruppen von Frauen, die einander auf die Bühne halfen, ein Vater hob seine Kinder der Größe nach empor, wo sie von der Mutter in Empfang genommen wurden. Oben stellten sie sich neben den Sänger, manche umarmten ihn, jemand steckte ihm ein paar Münzen zu, sie strahlten einen Punkt in der Menge an, wo Augenblicke später das Blitzlicht eines Fotoapparats anzeigte, daß sie gesehen worden waren und der Abstieg beginnen konnte. Der Mann selbst nahm von alldem keine Notiz.

Er erinnerte Hella an den Kuhhirten, was daran liegen mochte, daß auch er im Vergleich zu den anderen Menschen auf dem Platz ein runderes, helleres Gesicht hatte. Vielleicht wünschte sie sich einfach, daß die beiden einander ähnelten. Erst jetzt fiel ihr auf, daß sie unter dem Turban des Hirten keine Haare hatte ausmachen können.

Auf den Bänken am Rande des Platzes saßen alte Frauen und hatten vor sich auf dem Boden Badezimmerwaagen liegen, und weil niemand das Angebot zu nutzen schien, ließ Hella sich nacheinander bei dreien von ihnen wiegen, mit dreimal unterschiedlichem Ergebnis. Sie wurde mit jedem Mal leichter.

Ein Junge bot an, sie zu fotografieren. Er trug eine Schlange in den Händen, die sich grün und weiß glänzend seine Arme entlang wand, und noch ehe sich Hella seiner erwehren konnte, hatte er sie ihr um den Hals gelegt. Das Tier war glatt und nicht einmal kalt, Hella schüttelte den Kopf, aber der Junge lachte sie an und trat einen Schritt nach hinten wie ein Maler, der sein Werk betrachtet, also hob sie selbst den schweren Leib von ihren Schultern und legte ihn vor sich ab. Erst als sie den Boden berührte, fand die Schlange zum Leben zurück, erzitterte einmal und glitt dann am Rand der Stände zwischen einigen Gerüsten davon. Hella sah im Weitergehen, wie der Junge dem Tier hinterherkroch.

An einem Stand holte sie sich einen Maiskolben, setzte sich auf die Stufen eines Denkmals an der Stirnseite des Platzes und schälte die schwarz verbrannten Blätter mit der Freude eines Kindes ab, das ein Geschenk auspackt. Sie war die erste, die zu Gesicht bekam, was darin steckte, und auch wenn sie geahnt hatte, was es war, machte es sie glücklich, auf die Reihen heller Körner zu stoßen.

Von ihrem Platz aus hatte sie keine Sicht auf das Geschehen auf der Bühne, aber sie sah die hinteren Reihen und die Kinder, die um sie herum tobten, und sie hörte den Gesang. Zwei Frauen lehnten am Fahrerhaus eines Pick-ups, ihre weiß und braun gemusterten Röcke bauschten sich weit, sie trugen dunkelbraune Westen und hatten Stoffkrönchen im Haar. Die eine schien deutlich älter zu sein als die andere, vielleicht waren es Mutter und Tochter. Sie sahen aus wie Mitglieder einer von weither angereisten Tanzgruppe, aber warum sollten sie von anderswoher kommen, und sie tanzten ja nicht. Erst jetzt fiel Hella auf, daß auch einige der Männer eine Art Tracht trugen, die aus einem beigefarbenen Anzug bestand, zu dem eine schmalgefaltete Kappe in der gleichen Farbe gehörte. Auch manche der Jungen waren so gekleidet.

Sie vermochte nicht zu sagen, ob sie sich hier hätte wohlfühlen können. Es kam ja nicht in Betracht. Noch immer war über die Köpfe der Menge hinweg der Gesang des Mannes zu hören. Hella hatte den abgenagten Maiskolben neben sich gelegt, in seine Blätter gewickelt. Sie hätte noch etwas kaufen können, als Vorwand, um den Aufbruch hinauszuzögern. Hunger hatte sie keinen mehr, aber ein paar Schritte von ihr entfernt stand ein Mann im Schatten einer dichten Traube Ballons, unter der er fast verschwand. Sie waren alle weiß, ein Dach aus stumpfen, weißen Bällen, das den blütenübersäten Boden des Platzes widerzuspiegeln schien. Hella trat zu ihm und zeigte hinauf. Er sah ihrem Finger hinterher in die helle Wolke, griff nach einem der Fäden, löste ihn aus dem Strang der anderen, den er sich um das Handgelenk geschlungen hatte, und reichte ihr den Ballon. Hella hielt, als sie in ihrem Portemonnaie nach einer Münze suchte, den Faden fest umklammert.

Sie setzte sich zurück auf ihre Stufe und hatte den Ballon vor sich wie eine schöne Rose, und weil sie noch immer die Hand zu einer Faust ballte, mochte es aussehen, als warte sie auf eine Verabredung, die nicht kam. Der Ballon zog an ihr, Hella fühlte, daß er sie leichter machte, er wollte hinauf. Auf dem Boden vor ihren Schuhen entdeckte sie zwischen den Rosenblättern eines der Bänder, mit denen die Blütenbüschel zusammengebunden gewesen waren. Sie bückte sich danach und knotete es ans Ende ihrer Schnur, so daß der Ballon über die Köpfe der Menschen stieg. Hella suchte weiter zwischen den Blättern, und mit jedem Band, das sie entdeckte, ließ sie ihren Ballon höher hinauf, ohne hinterherzusehen, so sehr war sie damit beschäftigt, nach neuen Bändern zu suchen und damit die Leine zu verlängern, und als sie schließlich doch hinaufsah, war es eine lange Kette geworden, die flach über dem Platz hing, von ihrem eigenen Gewicht hinuntergedrückt, und nur ganz an ihrem Ende hob sie sich ein wenig zu dem kleinen, weißen Kreis.

Es war einer der Jungen in den Kandelabern auf der anderen Seite des Platzes, der sich den Ballon griff. Er schnappte danach, und als er ihn in den Händen hielt, sah er zu ihr herüber und lachte, er war stolz auf seinen Fang, und er wußte, daß die Schnur zu lang war, als daß diese Frau am anderen Ende schnell genug bei ihm sein könnte. Auch er trug einen dieser hellen Anzüge, in dem er fast verschwand, er sah darin aus wie verkleidet. Es war ein Feixen in seinem Gesicht, er zog am Ballon, und Hella erschrak über die Verbindung, die sich auf einmal zwischen ihnen ergab, sie spürte sein Ziehen, wie es sich durch die lange Kette der Fäden bis zu ihr übertrug, sie hielt dagegen und zog jetzt selbst, und so kämpften sie, bis sich einer der Knoten löste und Hella zurücktaumelte. Der Junge in der Krone des Kandelabers reckte den Ballon über den Kopf wie eine Trophäe, obwohl niemand ihm Beachtung schenkte, nur Hella hörte zu ihrer eigenen Verblüffung, wie sie aufschrie. Sie wunderte sich über diesen Schrei, der aus ihr herausbrach, vereinzelt wandten sich Gesichter zu ihr um, für Momente nur, denn unbeirrt drang der Gesang aus den Lautsprechern, und

Hella verstummte. Sie sah zu dem Jungen hinüber, vielleicht hatte wenigstens er sich erschrocken über ihren Ausbruch. Rasch drückte er mit einer Hand den Ballon an seine Brust, löste sich aus dem geschwungenen Arm des Kandelabers, sprang hinunter auf den Boden und verschwand im Getümmel. Nur der über ihm schwebende Ballon verriet noch für eine Weile seinen Weg, dann verlor Hella ihn aus den Augen.

Sie war aufgebracht, als sie zurückging, sie hoffte, den Jungen irgendwo zu entdecken und ihm nachstellen zu können, sie war verwirrt über ihre Erregung, sie stellte sich vor, daß er den Ballon längst fliegen gelassen hatte, und die Vorstellung tröstete sie. Lange saß sie im Wagen ohne aufzuschauen, bevor sie den Motor startete.

ES WAR FAST NACHT, als sie das Städtchen verließ, ohne ein Wort. Bei wem hätte sie sich verabschieden sollen? Neben der Ausfallstraße hatte ein Melonenverkäufer seine Früchte zu einem flachen Hügel aufgebaut und sich zum Schlafen darauf gelegt, zum Schutz, als Wache seiner selbst. Am Ortsrand ein Posten, sie mußte warten, weil vor ihr am Schlagbaum kontrolliert wurde, ein Uniformierter sprach mit jedem der Fahrer, während seine Kollegen mit langsamen Schritten die Wagen umkreisten. Am Straßenrand lagen schwarz und weiß gestreifte Sperrkreuze wie hingestreut, zwischen ihnen stolzierten Vögel. Als Hella an der Reihe war, beugte sich der Mann zu ihr herunter und schaute durch die Öffnung des Seitenfensters, ein ernstes, breites Gesicht, der Mund von einem dichten Bart verdeckt, der runde Schirm seiner Uniformmütze bog sich zum Himmel hinauf wie eine Aureole. Er kniff langsam ein Auge zusammen und winkte sie weiter. Im Weiterfahren glaubte Hella hinter ihm einen anderen zu erkennen, wie er sich lachend abwandte, eine Hand vor dem Mund.

Natürlich tat es gut, wieder unterwegs zu sein, in der Betäubung der Geräusche und der Erschütterung, mehr noch aber in der Gewißheit, daß draußen hinter den Scheiben wie von selbst die Punkte auftauchten, vorbeizogen und verschwanden, die jeder für sich einen Ort darstellten, Lichter auf den Höhenzügen, die flackern mochten oder in der Bewegung nur verwischten, jeder für sich ein möglicher Platz zum Bleiben, dem es aber bei dieser Geschwindigkeit nicht gelingen würde, sie zu erreichen, und so ließ sie einen nach dem anderen hinter sich zurück. Auch wenn es Fragen gab, die mit im Wagen saßen und denen sie auf diese Weise nicht entkam. Einfache Fragen, wie die, wozu ein Auto so viele Sitze haben mußte, wenn sie selbst nur einen brauchte. Für eine Weile stellte sie das Radio wieder an.

Das letzte Licht warf den Schatten des Wagens vor ihr auf die Straße, mit unnatürlich in die Länge verzerrten Reifen, zwischen denen ein breiter Sonnenstreifen stand, der sie in die Luft zu heben schien. Sie fror, sie schaltete die Scheinwerfer ein. Neben der Fahrbahn eine Piste aus zwei Reifenspuren, als habe jemand der Straße nicht getraut. Im Rückspiegel erkannte sie all die Farben des Himmels und fuhr weiter in eine dunkle, unsichtbare Nacht.

SIE FUHR. Sie schlief. Sie fuhr weiter. In der Ferne war aufgewirbelter Staub zu erkennen, oder Rauch, es ließ sich nicht entscheiden. Ein Reiter inmitten einer Gruppe von Pferden, vom Wind gebogene Bäume, ein Bachbett, einmal ein Bahnübergang (mit Schienen, die so hoch über den Schotter hinausstanden, daß es Hella kaum gelang, den Wagen hinüberzusetzen), Gedanken an daheim, in der Ferne ein verlassener Bohrturm. Dann war auch das vorbei. Die Berge wichen zurück und ließen Platz, der nun leer blieb. Jetzt gab es nichts weiter als trockene, fleckige Erde, sandig und kahl, nichts als flach am Boden verharrende Büschel aus staubigen Seggen und Gras, nichts als Himmel, Verharren und unaufhörliche Ferne, wie sollte man hier, wo man immerzu die Mitte von allem bildete, allem entkommen?

Einmal schreckte sie im Näherkommen einen Schwarm Spatzen auf, eine flatternde Wolke, die vor ihren Augen aufflog und barst und sich wieder verband – auf der Flucht voreinander und zugleich getrieben, einander zu erreichen. Manchmal trockene Risse im Boden, manchmal Steine. Sie versuchte sich vorzustellen, es sei Winter und alles herum wäre von Schnee bedeckt und löste sich auf in einem unendlichen Weiß, aber es gelang ihr nicht. Abends am Horizont ein Streifen Zirruswolken, der bald wieder verwehte. Dann, einen Steinwurf abseits der Strecke, eine Art Antilope mit langen, gewundenen Hörnern, das Fell grau vom Staub, wie erstarrt schaute sie zu ihr her, gefangen zwischen Neugier und Angst. Beim Weiterfahren sah Hella aus den Augenwinkeln, wie das Tier mit großen Sprüngen verschwand.

Sie hatten ihr, zusammen mit den weiteren Unterlagen, den Wegbeschreibungen, den Packzetteln, den Entschuldigungen, dem Reiseführer, einen Umschlag geschickt, auf den jemand von Hand *Essen* geschrieben hatte, als sei das eine Erklärung. Innen war sie auf einen Packen postkartengroßer Zettel gestoßen, die den Anschein historischer Urkunden erweckten, bis Hella beim Durchblättern sah, daß nur das oberste Blatt vergilbt war, das Papier darunter aber noch frisch und nur an den überstehenden Rändern ebenfalls verfärbt. In breiten schwarzen Buchstaben war auf jedes der dünnen Blätter *Voucher* gedruckt, darunter stand in verschiedenen Sprachen, daß der Inhaber berechtigt sei, gegen vorliegenden Gutschein ein Tagesgericht im Gegenwert des derzeit gültigen Verkaufspreises zu beziehen. Eine Erstattung sei nicht möglich. Im Hintergrund schimmerte die feine Schraffur eines Stiches, an einer langen Tafel saßen Kinder und hielten einander an den Händen. Jedes von ihnen war in der Tracht seiner Heimat gekleidet, ein Junge trug sogar Federschmuck. Am unteren Rand des Gutscheins stand in kleinerer Type *Unbefristet gültig*. Als Hella ihn gegen das Licht hielt, erkannte sie ein Wasserzeichen, das Messer, Gabel und Löffel zeigte, zu einem Stern gekreuzt.

Bis auf den Maiskolben hatte sie seit ihrem Aufbruch nichts Warmes mehr gegessen. Auf dem Beifahrersitz stand der Korb, den Karola ihr vor der Abreise gebracht hatte, da war er noch übervoll mit Früchten gewesen, mit Schokolade, belegten Broten, Wasserflaschen, hartgekochten Eiern und Kuchen, als breche sie zu einem nicht enden wollenden Schulausflug auf. Während der Fahrt hatte sie hinüber gegriffen, eher aus Müdigkeit als aus einem Gefühl von Hunger, oder um überhaupt etwas zu tun. Zum letzten Mal hatte sie so gegessen, als sie schwanger gewesen war und der Übelkeit beizukommen versuchte, indem sie unablässig Nahrung aufnahm, wie man ein scheues Tier durch pausenloses Flüstern und Streicheln zu beruhigen versucht. Der Korb stand noch immer da, nun angefüllt mit leeren Verpackungen, Schalen und Butterbrotpapier, wahrscheinlich hätte sich irgendwo darin noch etwas finden lassen, aber danach stand ihr der Sinn nicht mehr.

Handgeschriebene Schilder hatten es seit Kilometern angekündigt. Hella bremste ab, als sie den Pfeil zum Restaurant erreichte, und fuhr in eine sandige Parkbucht, an deren Ende ein eiförmiger, eierschalenfarbener Wohnwagen stand. Auch als sie bereits ausgestiegen war, schien alles in Bewegung zu bleiben. Sie hätte nicht entscheiden können, ob es das Vibrieren des Autos war, das noch in ihr anhielt, oder eine unaufhörliche Erschütterung der Welt. Am Ende war sie es wohl einfach selbst, die zitterte. Sie schüttelte die Hände aus, um dieses Traumgefühl zu vertreiben und die eingeschlafenen Finger aufzuwecken, sie konnte nichts dafür, daß es aussah, als trockne sie ihren Nagellack.

Dicht an dicht reckten sich Fahnenstangen voll kleiner Flaggen aus dem Dach des Wohnwagens. Hella hätte keine von ihnen einem Land zuordnen können. Die Räder waren abmontiert, so daß der Anhänger mit der nackten Achse flach auf dem Boden lag. Ein Igel, es war ein internationaler Igel. Was war dann sie? Eine Raupe im Gras vielleicht, auf der Suche nach ihrem Kokon. Was immer sich daraus entpuppen würde, vorerst lief sie auf ihren pelzigen Füßchen hinüber zu dem Igel.

In die Seitenwand war eine niedrige Durchreiche geschnitten, über der in Klebebuchstaben ASIA stand. Neben dem Wohnwagen öffnete sich ein Ring aus kniehoher Bambuspalisade, einzelne Tische waren darin aufgestellt. An einem davon saß in weißer Schürze ein Mann. Er sah auf, als Hella durch die Lücke in dem Zäunchen trat. Sie setzte sich an einen der vorderen Tische, da stand der Mann schon neben ihr, unnötig dicht, und schaute reglos zur Straße.

Er hatte kurzes schwarzes, am Hinterkopf abstehendes Haar, ein breites Gesicht mit erstaunlich flacher Nase. Sein Kinn zierte ein kleines Bärtchen. Er sah aus wie die Abbildungen der Eskimos in ihren Kinderbüchern. Der Mann hob einige Male die Augenbrauen, dann schaute er zu ihr her, ohne den Gesichtsausdruck zu verändern. Mit einer Hand berührte er seine Lippen und biß dann vorsichtig in einen seiner Finger, noch einmal hob er die Brauen. Sie nickte.

Als er im Anhänger verschwunden war, steckte sie ihre Hände zwischen die Knie und schloß die Augen. Ihr Magen knurrte tatsächlich, und es rauschte ihr in den Ohren. Sie wußte, wo sie saß, aber es fühlte sich an, als würde sie noch immer fahren, sie spürte die sanften, gleichmäßigen Erschütterungen des Wagens. Einen Moment lang genoß sie es, ohne eigenes Zutun gefahren zu werden, von wem auch immer, dann öffnete sie die Augen. Vor ihr stand ein Glas mit gelber Flüssigkeit. Sie hörte den Mann in der Küche hantieren und sah sich um. Unter einer Baumgruppe parkte ein dunkelblauer Lada, mit dem er gekommen sein mußte. Ansonsten war der Blick frei auf die trockene Fläche mit Büschen und niedrigen Bäumchen. Es tat gut, den Himmel über sich zu haben.

Das Getränk schmeckte fruchtig, ein wenig bitter und herb, nach einer Obstsorte, die sie nicht kannte, womöglich der Saft einer heimischen Frucht, die es nie hinausgeschafft hatte aus dem Umkreis dieser Ebene.

Sie aß, was er brachte, Klebreis mit kleinen Mengen gebratenem Huhn und einem grünen, bitteren Gewürz, am Ende gab sie ihm einen der Gutscheine. Er hielt sich das Papier dicht vor die Augen, schwieg lange, schaute dann mit einer schüchternen Verblüffung auf und ging in seinen Anhänger. Als er zurückkam, hatte er einen kleinen Gegenstand bei sich, den er mit einer Verbeugung vor sie stellte. Es war eine Art Baby aus weißem Porzellan, das auf dem Rücken lag und mit ausdruckslosem Gesicht zu schlafen schien – nackt, mit schmalen, kurzen Armen und Beinen, die es dicht am Körper hielt. Nur sein kräftiger Bauch streckte sich in die Höhe und war mit dunklen Pickeln übersät, die Hella zunächst für Fehler in der Lasur hielt, bis sie merkte, daß es Löcher waren. Sie nahm das Püppchen und drehte es um, auf der Unterseite war es mit einer Plastikkappe verschlossen. Als Hella die Figur zurückdrehte, rieselten zwischen ihren Fingern weiße Körner.

Der Mann hatte ihr einen Salzstreuer geschenkt. Hella strich mit dem Daumen über das glatte, kalte Porzellan. Sie hatte keine Vorstellung, was er sich dabei gedacht haben mochte. Aber vielleicht würde sie sein Geschenk einmal brauchen können. Sie bedankte sich mit einer kleinen Verbeugung und freute sich, als er ihr Lächeln erwiderte.

Er brachte sie zum Wagen. Hella nahm die Begleitung gerne an, auch wenn sie unsicher war, was er sich davon versprach. Als sie vor ihrem Auto standen, beugte er sich hinunter und schaute durch die Scheiben hinein. Erst lachte er über das Durcheinander auf dem Beifahrersitz, dann zeigte er nach hinten und sah sie fragend an. Hella zuckte mit den Schultern, in der Hoffnung, er würde die Geste verstehen. Was sollte sie sagen? Es war Tobis Fahne, die er entdeckt hatte, ausgebreitet über ihrem Gepäck. Es war ja kein Geheimnis, sie hatte einfach nicht damit gerechnet, daß sich jemand für das Innere ihres Wagens interessieren könnte.

Karola hatte gelacht, als sie davon hörte. Typisch Tobi, er gerät wirklich nach dir, und Hella hatte ihr recht geben müssen. Ihr Sohn hatte noch nicht einmal mit den Bewerbungsunterlagen begonnen und bastelte schon an einer Flagge, um sie einmal in den Mondstaub zu stoßen. Eines Morgens war die Postwurfsendung im Briefkasten gewesen, WIR BRINGEN SIE ÜBERALL HIN!, Union Lloyd und Corporate Wagonlit hatten sich zu TRANSZ zusammengeschlossen, dem größten Reisekonzern des Planeten, und veranstalteten zur Feier ein Preisausschreiben, als Hauptgewinn winkte ein echter Raumflug. Tobi, wie er die Hand vor den Mund schlug und weiterlas: »Sagen Sie uns, warum Sie zum Mond müssen, und wir bringen Sie hin! Die beste Begründung gewinnt!« Er dachte an alles, im Baumarkt besorgte er sich Aluminiumprofil, das er unten mit einer Stahlspitze verstärkte, oben zweigte im rechten Winkel ein dünner Querdraht ab, damit die Fahne im luftleeren Weltraum nicht schlaff herunterhinge. Er hatte sogar, anders als beim Sternenbanner der Apollo-Mission, das er sich zum Vorbild nahm, die obere Strebe in Wellenform gebogen, damit es aussähe, als würde der Stoff tatsächlich in einem Windstoß flattern. Als Hella das Gerüst im Wohnzimmer entdeckte, fragte sie ihn, ob er denn eine Flagge habe, die er daran befestigen wolle. Er war losgerannt, um sie zu holen, obwohl sie noch nicht ganz trocken sei, und war in seinem Zimmer verschwunden, mit diesem neuen Grinsen, das er seit einigen Monaten auch auf Fotos zeigte und das man wohl, weil es sich anders nicht erklären ließ, als Teil der Pubertät zu akzeptieren hatte.

Er war mit einem Stück Stoff zurückgekehrt und hatte es schon an der Wohnzimmertür hoch in die Luft gehalten, zwei Lappen, zwischen denen sein Gesicht hervorlugte. Sie verstand nicht gleich, was es war, aber als er ihren fragenden Blick sah, kam er zu ihr, zog sein Werk an einigen Schlaufen über die Querstrebe und steckte das Ensemble mit einer stolzen Geste in den Bodentopf ihrer Zimmerlinde. Sie mußte sich mit ihm davor hocken, damit er ihr alles erklären konnte.

Sie erkannte nun, was es war: Sein altes Lieblings-T-Shirt, das er immer als golden bezeichnet hatte, auch wenn es eigentlich gelb war. Er hatte es an den Nähten aufgetrennt, nur der Saum eines Ärmels verband noch Vorder- und Rückseite. Die beiden Hälften lagen nebeneinander wie zwei Körper, die sich an viel zu kurzen Armen hielten, auf Bauch und Rücken prangten die roten Abdrücke zweier Hände. Tobi erklärte ihr, die große sei von ihm und die kleine von Alice, sie wisse schon (Hella wußte zwar nicht, aber sie verstand, daß es mit jener Alice offenbar ernst war). Sie hätten einfach das restliche Rot von seinem Zimmer genommen. Hella schwieg, dann sagte sie, soweit sie verstanden habe, regne es auf dem Mond ja nicht, da würde die Innenfarbe sicherlich genügen. Tobi nickte. Die aufgedruckten Hände waren dürr, sie erinnerten Hella an die Röntgenbilder, mit denen die Kunden zu ihr kamen, die Finger standen weit voneinander abgespreizt, es sah aus wie eine Warnung. Die Farbe war wirklich noch nicht ganz trocken, an den Knöcheln, wo sich mehr davon auf den Stoff gedrückt hatte, glänzte sie feucht, dafür waren zwischen Handballen und Fingern breite Lücken frei geblieben, so daß sich die Finger wie abgetrennt um die beiden Handflächen legten. Tobi sah sie an. Hella zuckte mit den Schultern.

Es gehe ja um ihn, sagte er. Um ihn allein, nicht um einen Staat oder irgendeine Institution. Er sei ein Mensch, also müsse seine Flagge den Menschen zeigen. Es sei ein menschliches Banner.

Aha, sagte Hella und beugte sich vor. Immerhin war das T-Shirt frisch gewaschen. Sie fragte, warum es zwei Teile seien.

Tobi schaute sie an, als wäre sie ihm mit den Bienen und dem Storch gekommen. Ob sie mal von der Pioneer-Mission gehört habe? Er seufzte, als sie verneinte, setzte dann aber an, ihr auch von diesem Unternehmen zu erzählen. Vom Plan, eine Sonde loszuschicken, über die Grenzen des Sonnensystems hinaus, in Räume, zu denen kein Mensch jemals vordringen könne und die auch ein Raumschiff erst in Jahrtausenden erreichen würde. Und wie dann die Frage aufgekommen sei, welche Botschaft man möglichen Lebewesen dort draußen übermitteln wolle, in der Hoffnung, sie würden die Informationen nicht für feindliche Angriffe verwenden. Es seien eigentümliche Diskussionen gewesen, die mehr über den Zustand des Menschen aussagten als jeder der eingereichten Vorschläge. Am Ende war es eine kleine, goldfarbene Plakette, die man auf der Außenseite der Sonde befestigte, am Heck, wo sie vor dem Sternenstaub am besten geschützt wäre. Sie zeige einen Mann und eine Frau. Tobi stand auf und holte den Bildband, er schlug die Seite auf, und Hella sah das Menschenpaar. Sie waren nackt, die Scham der Frau hatte man neutralisiert, aus Rücksicht auf das zurückbleibende irdische Publikum. Die beiden standen nebeneinander, er hob schüchtern (oder ertappt?) die Hand, als hätte jemand sie überrascht, von dem man nicht wußte, ob er einem gut wolle oder ob von ihm etwas zu befürchten sei. Der Mann schien sich nicht wohlzufühlen, vielleicht schämte er sich. Die Frau sah aus, als sei ihr das ziemlich egal. Beide waren schlank und muskulös. (Wen hatte man als Modell gewählt? Und was mochte das für ein Gefühl sein, stellvertretend für die menschliche Rasse zu stehen? Hella fiel ein, daß es im Familienbesitz eine schmale, an den Rändern eingerissene Broschur gab, auf deren Titelseite in Sütterlinschrift »Lehrfibel Rassen der Welt« stand, ihre Mutter hatte sie ihr eines Tages gezeigt, und ebenso hatte auch sie irgendwann Tobi zu sich gebeten und mit ihm das Heft durchgeblättert. Es waren Portraitfotografien in Schwarzweiß, jede Doppelseite zeigte links einen Mann und rechts eine Frau, die Bildunterschriften waren schlicht – *Der Mongole, Der Neger, Der Slawe* –, bei der Germanin hatte sie innegehalten, das Bild zeigte eine junge Frau mit Hochsteckfrisur, die vor einer Weinrebe stand. Hella hatte, genau wie damals ihre Mutter, geschluckt und dann mit derselben alten Mischung aus Scham, Abscheu und Stolz gesagt: Das ist deine Ururgroßmutter. Tobi war der Mund offen stehengeblieben. Später hatte er die Seite herausgetrennt und verbrannt.) Neben den beiden Figuren auf der Pioneer-Plakette waren einige Symbole abgebildet, aus denen sich, wie Tobi weiter erklärte, Interessantes über den Menschen und seine Umwelt herauslesen ließ: die Lage unseres Sonnensystems im Raum und die Position der Erde darin; der Zeitpunkt, zu dem das Raumschiff uns verlassen hat; die Tatsache, daß Wasserstoff das häufigste Element unserer Atmosphäre ist und das Achtfache seiner Wellenlänge gerade der Körpergröße des Geschöpfes entspricht, das diese Sonde geschaffen hat, und immer so weiter. Hella ergänzte im stillen: die Tatsache, daß der männliche Homo sapiens bei Gefahr dazu neigt, in der Bewegung zu erstarren, während seine Gefährtin wie zufällig das ausgestreckte Bein zur Seite stellt, womöglich bereits in der Absicht, dem Betrachter zu gefallen. Und daß all das sich nur dem erschloß, der bereits genug vom Menschen wußte, um seine Zeichen lesen zu können. Sie fragte sich, welche Botschaft durch die Tatsache übermittelt werden sollte, daß beide menschlichen Stellvertreter Seitenscheitel trugen.

Auch Tobi stand, wie er nun ausführte, vor dem Problem, ohne gemeinsame Grundlagen Verständigung zu ermöglichen. Wie sollte er, für den Fall, daß ein außerirdisches Wesen auf seine Hinterlassenschaft stieß, diesem deutlich machen, von wem sie stammte? So war er auf die Idee des Hemdes gekommen, in der Hoffnung, es würde dem anderen gelingen, von dem Stoffstück auf Körperform, Bekleidungsgewohnheiten, Textilverarbeitung (und was sich noch alles daran ablesen lassen mochte) zu schließen. Und weil das allein noch nichts über soziale Lebensweisen aussagte, war er auf die Idee verfallen, das T-Shirt zu teilen, als Symbol für das Leben des Menschen im Paar. Für den Fall, wie Tobi hinzufügte, daß jemand in der Lage wäre, all das zu verstehen.

Diese Frage stellte Hella sich auch. Sie mochte an der Sache am liebsten, daß es nach dem Zerteilen des Hemdes der runde Ärmelsaum war, der beide Stücke verband, er bildete ein schmales, offenes Loch, als Zeichen für die leere Mitte zwischen den Menschen.

Sie hatte nicht gewußt, was sie sagen sollte. Daß die Idee des Menschen zum Abbild einer Wäscheleine verkommen war? Immerhin war es eigenwillig (und in der Armseligkeit der beiden dürren Stoffgestalten sogar ein wenig anrührend), sie riet ihm, seiner Bewerbung ein

Foto davon beizulegen. Zur Not würde sich das Ganze als Vogelscheuche verwenden lassen.

Hella hatte ihn nicht gefragt, mit welcher Begründung er sich beim Preisausschreiben bewerben wollte. Und warum er so sicher war, es zu gewinnen. Vielleicht wußte er es selber nicht, sie sah manchmal, wie er sich Notizen machte und wieder verwarf. Er ahnte wohl, daß man mit halben Sachen dabei nicht weiterkommen würde. Die Entwürfe waren auf seinem Schreibtisch liegengeblieben, Hella hatte sie nicht mehr angeschaut.

Sie gab dem Restaurantbesitzer die Hand und fuhr los. Offenbar hatte sie das Ende der Einöde erreicht, und auch wenn die Siedlungen spärlich blieben, so kam sie doch häufiger an einzelnen einfachen Gehöften vorbei oder an einer losen Gruppe von Häusern, die etwas wie Gemeinschaft entwickelten. Immer wieder kreisten Vogelschwärme vor der Sonne, in engen Schwüngen glitten die Tiere empor, flogen umeinander her, fielen in die Tiefe zurück. Jeder Schatten, den Hella überfuhr, jagte ihr einen Schrecken ein.

Es gab jetzt hier und da kleine Imbißstände, an manchen von ihnen hielt sie an, verblüfft von der Wirkung ihrer Gutscheine, die ihr tatsächlich zu einer Portion eingelegtem Kürbis verhalfen, zu Krapfen, zu einem mit Bohnen oder scharfem Rührei gefüllten Fladen, einem Getränk.

Auf einem der Parkplätze, an dem sie hielt, hatte sich ein kleiner Basar gebildet, dessen Stände zum großen Teil verwaist waren. Nachdem sie durch die Reihen gestreift war, hockte Hella sich auf einen Stein am Rand, um sie herum fegte ein Mann Müll auf, sein Kehrblech leerte er in einen Pappkarton, den er auf das Gestell eines Puppenwagens montiert hatte. Hella fielen die Lider zu. Bevor sie jedoch einschlafen konnte, spürte sie, wie sich jemand zu ihr setzte, und schlug die Augen auf. Es war ein Junge, der neben ihr saß, mit zusammengewachsenen Brauen und einer Hasenscharte, die Zähne standen ihm schief im Mund. Auf seinem linken Arm saß ruhig und aufrecht ein junger Falke. Mit wenigen Gesten und lispelnder Stimme erbot sich der Junge, ihr gegen etwas Geld den Vogel auf die Hand zu setzen. Er hielt ihr einen Lederhandschuh hin und führte vor, wie sie ihn sich überstreifen sollte, bei alldem blieb der Vogel ungerührt auf seinem Arm sitzen. Hella rieb sich die Augen und schüttelte den Kopf, was sollte sie mit einem Falken? Könnte er sie hinaufbringen in den Himmel? Sie blickte vor sich auf die Straße, auf der niemand unterwegs war, und der Junge tat es ihr gleich. Auch der Vogel saß still und schaute, er war der einzige unter ihnen, der von Zeit zu Zeit den Kopf zur Seite wandte, in einer einzigen langsamen Bewegung.

Nach einer Weile trat zwischen den Ständen ein Polizist in heller Uniform zu ihnen, noch nicht alt, mit dünnem Oberlippenbart, auch er hatte diese schmalen Augen. Er setzte sich auf Hellas freie Seite und fragte mit den Händen, woher sie komme. Sie sagte es ihm, und als er nicht gleich verstand, zeigte sie ihm ihren Paß. Er schaute verdutzt und schwieg eine Weile, dann sagte er mit monotoner Stimme auf: »Eins, zwei, Polizei, drei, vier, Brigadier.« Als Hella ihn ansah, erklärte er, seine Großmutter sei einmal Deutsche gewesen, aber man habe sie hierher gebracht. Als er ein Kind war, habe sie ihm die Wörter vorgesprochen, die ihr noch in Erinnerung waren.

Hella bot von den riesigen rosafarbenen Tomaten an, die sie bei einem der Stände bekommen hatte, und sie aßen schweigend. Der Polizist schnitt seine Tomate mit einem Messer in Scheiben, von denen er sich von Zeit zu Zeit eine in den Mund steckte, der Junge kaute schnell und hungrig, nur der Falke verschmähte die Stückchen, die Hella ihm zuwarf. Nach einer Weile begann der Junge zu reden, und der Polizist übersetzte, so gut es eben ging. Schon sein Großvater habe Falken gehalten, verstand Hella, doch das Geschäft gehe längst nicht mehr gut. Nun aber seien die Tiere einmal da, und die Käfige und die Ausrüstung. Nach einem weiteren Augenblick des Schweigens drehte sich der Junge zu Hella um und fragte, warum sie hierher gekommen sei. Dabei ließ er den Lederriemen los, an dem er den Falken gehalten hatte, und der Vogel hüpfte mit wenigen Sprüngen auf Hellas Arm. Lange streichelte sie ihm über die Schwingen und den gefiederten Kopf und schwieg, und das Tier duckte sich unter ihrem Streicheln, aus Furcht oder aus Genuß. Einmal breitete er in aller Ruhe seine Flügel zur Seite aus, als wolle er fliegen, an den Spitzen standen die Federn ab wie Finger, und Hella war einen Augenblick verwirrt, warum er zwei Paar Hände besaß, die Flügel und die Krallen. Am Ende erklärte der Junge, daß ein ausgewachsener Falke vier Kilogramm wiege. Man müsse sie gut pflegen.

Nacheinander bissen sie von ihren Tomaten ab, Hella aß mit links, weil auf dem anderen Handgelenk der Falke saß, seine Krallen hielten sie fest. Ganz still hielt sie ihren Arm vor sich, und war froh, daß der Vogel nicht ausgewachsen war.

Sie fuhr weiter, von Zeit zu Zeit kehrte sie ein. Sie sah die Wirte an, wenn sie ihnen die Karten gab, und überall war es ein Erstaunen, das sogleich in einer angedeuteten Geste der Freundlichkeit aufgefangen wurde, einer Unterwürfigkeit, die Floskel sein konnte oder empfunden, das Zitat einer Bewegung wie ein Heranführen des Armes zur Brust, ein Nicken, ein kurzes Schließen der Augen. Und immer wieder kamen sie zum Abschied noch einmal zu ihr, um ihr etwas mitzugeben, so daß sich schon bald neben einigem Obst eine Fingernagelzange, eine holzgeschnitzte Statuette und ein Fläschchen mit Haarwasser wie Trophäen auf dem Lüftungsgitter unter der Windschutzscheibe sammelten. Am Rückspiegel hing nun ein Duftbaum *Paradise,* den ihr ein Piroggenverkäufer geschenkt hatte. Einen kleinen Plastikpropeller befestigte sie am Stab von Tobis Banner. Wenn sie während der Fahrt das Fenster öffnete, drehte er sich im Wind.

DIE STATION erreichte sie am siebten Tag ihrer Reise. Ein Hinweisschild aus Metall, ein Teerweg, der sie von der Hauptstraße wegführte, nach einigen Kilometern gelangte sie an eine Schranke, geöffnet, unbewacht, sie fuhr weiter. Die Straße folgte nun einem ausgetrockneten Bachlauf, bis sich hinter einer Kuppe der Blick öffnete, quer über die Ebene lief ein schattiges Band, als kaum merkliche Verdunklung. Beim Näherkommen erkannte sie, daß es ein Gitter war, ein einfacher Zaun, eher ein Hinweis als eine Abschreckung, der Weg führte sie daran entlang, und beide folgten dem Verlauf des Geländes. Wenn beim Durchfahren einer Kehre die Bögen des Zaunes hintereinander zu stehen kamen, überlagerten sich die Muster der Stäbe, die hellen Zwischenräume liefen für Momente schwarz zu und bildeten einen Schatten, der in Wellen über das Gitterband fuhr und zu den Seiten hin verschwand, ein unvorhersehbares, rasch wechselndes Spiel aus Helligkeit und Dunkel, das sie aus den Augenwinkeln erschreckte.

Ohnehin begannen Hella die Augen zu tränen, und je länger sie den Biegungen der Umzäunung folgte, desto unsicherer wurde sie, wo dabei innen war und wo außen. Ihr verschwamm die Gewißheit, ob die unaufhörliche Absperrung sie ein- oder ausschließen mochte, ob die Anlage dem Zweck diente, sie abzuhalten oder einzusperren. So fuhr sie weiter, innen und außen zugleich, auf beiden Seiten einer einzigen Begrenzung, im schmalen Streifen eines Niemandslandes, das es nur in ihrem erschöpften Kopf zu geben schien. Und als wäre es damit nicht genug, schoß ihr, als ihr schon die Augen zufallen wollten, wie ein dunkler Blitz noch der Gedanke durch den Kopf, daß diese wüste, trockene Ebene, durch die sie hier fuhr, so flach war, daß Hella, wäre einer gekommen und hätte behauptet, die Erde sei eine Scheibe, keine Kraft gefunden hätte, ihm zu widersprechen. Und als sie alle Kraft zusammennahm, um doch dagegenzuhalten, ging ihr auf, daß es, selbst wenn sie an die Kugelgestalt der Erde glauben mochte, in all den Tagen ihrer langen Fahrt keinen einzigen Hinweis gegeben hatte, der ihr bei der Entscheidung hätte helfen können, in welche Richtung diese Kugel sich denn wölbte, ob Hella tatsächlich auf der Außenseite unterwegs war oder womöglich in ihrem tiefen, hohlen Inneren.

Dann endete die Straße mit einem Mal in einem Schotterfeld. Wo der Zaun durch ein Tor unterbrochen war, befand sich ein Wachhäuschen, neben dem einige schmutzbedeckte Autos standen. Dort hielt sie an.

Ihr Herz pochte. Sie stellte den Motor ab und entschied, noch im Auto zu bleiben. Hinter dem weiterlaufenden Gebläse wartete vollkommenes Schweigen. Das schwache Surren wurde von der Stille ringsum nahezu gänzlich geschluckt. Eine Geräuschlosigkeit, die weniger aus Leere zu bestehen schien als aus einer großen Fülle, als riefe jemand unüberhörbar die Stille aus. Sie würde so lange im Wagen sitzen bleiben, wie die Kühlung lief. Der Kies sah durch die Scheiben weich aus, ein buntes Grau, wie sie es nicht kannte, tonlos, als seien alle Farben der Umgebung eingekocht zu einem unauflösbaren Gemisch, das jede andere in sich enthielt. Außerirdisch, fiel ihr ein. Die einzelnen Steine wirkten fein genug, um Spuren im Schotter erwarten zu lassen. Aber es gab keine Spuren, und wenn es je welche gegeben hatte, waren sie verweht. Nicht vom Wind, so schien ihr, sondern von einer an dieser Stelle herrschenden Bewegung des Äthers. Der Platz wurde, das sah sie jetzt, eingefaßt von rohen, auf der Erde abgelegten Stämmen, deren Enden miteinander vertäut waren. Ein Ort, immerhin, es erleichterte sie.

Und dies also sollte ihre Ankunft sein? Dieses brennend taube Gefühl aus Erschöpfung und Stillstand? Hella sah sich um, ein knapper, schüchterner Blick, ohne auf einen Hinweis zu stoßen, daß es nun besser sein könnte, oder vorbei. Etwas wie ein Zielband oder ein Aufhellen, eine Begründung. Wenn sie die Augen schloß, war es grell, nicht leuchtend. Sie wurde überspült von Schwindelgefühlen, von Verwirrung oder von Durst, als sei da nichts anderes, ihr brannte der Gaumen, wie nach einem nutzlosen, ermüdenden Schlaf. Was jagte sie? Sie sah sich selbst in der Mitte eines gewaltigen Fehlers, ohne einen Platz, unaufgehoben, verlacht. Es war kein Trinken, wonach sie verlangte, sie wünschte sich nur, ihren Mund auszuspülen, eine innere Wäsche, eine Erfrischung, wenn Erfrischung half, gegen das Verderben anzugehen. Wie war es möglich, hier zu sein? Auf einer Reise, die nicht ihre war, weil es ihre eigene nicht mehr gab. Als ginge es darum, allein zu sein, wenn man alleine war. Sie befand sich inmitten einer verdorrten, blütenlosen Weite, von Bergzügen umringt, die sich grundlos aus der Ebene erhoben, in einem Land, das es bis vor kurzem nicht einmal gegeben hatte und das wohl bald schon wieder vergessen wäre, ein Fleck auf den Seiten, die sie im Schüleratlas immer überblättert hatte, ein Ort zum Verlorengehen.

Bevor sie die Sonnenblende hochklappte, sah sie in dem schmalen Spiegel ihre Augen, auch sie von der Farbe des Schotters. Sie gab sich Mühe, mutig auszusehen.

SCHON BEIM ÖFFNEN der Autotür stellte sie fest, sich in der Stille getäuscht zu haben. Ohne daß es einzelne Geräusche gegeben hätte, war sie zurück in der Welt, spürte Luftdruck auf den Ohren, war es ihr wieder möglich, Laute wahrzunehmen. Sie hörte das Knirschen der Steine, als sie aus dem Wagen stieg. Neben dem Unterstand bewegte ein Busch seine Zweige. Immerhin war es gut, angekommen zu sein, es würde weitergehen.

Sie wandte sich um. Auf der anderen Seite ihres Wagens stand ein Mann. Er trug eine Uniform, aus dunkelgrauem Stoff mit breitem Jackenkragen und einer übergroßen Mütze, wie ein riesiges Kind. Er hatte nicht versucht, sich bemerkbar zu machen, er stand einfach da und sah sie an. Sie streckte ihm die Hand entgegen, aber der Mann winkte ab. Park, sagte er, oder etwas, das ähnlich klang. Er wies auf eines der Autos, und bedeutete ihr, einzusteigen. Kurz überlegte sie, ihr Gepäck im Kofferraum zu lassen. Viel war es nicht, was er hinüberzutragen hatte, den leeren Korb ließ sie stehen, drückte dem Mann ihren kleinen Koffer in die Hand, nahm Tasche und Banner und warf die Wagentür zu. Sie schloß ab und händigte ihm, ohne daß er danach gefragt hätte, ihren Autoschlüssel aus.

Er ließ sie auf dem Rücksitz Platz nehmen und ging selbst, das Tor zu öffnen. Sein Auto war größer als ihres, die Innenflächen waren mit dunklem Kunstleder verkleidet, was ihm den Charakter eines Dienstfahrzeugs gab, obwohl offensichtlich war, daß jemand sich darin eingerichtet hatte. Am Rückspiegel hingen ein buntes Perlenkettchen, in die Lamellen der Lüftung waren Fotos eines Wellensittichs gesteckt. Es roch nach altem Rauch und Kräutern.

Er stieg ein und wendete den Wagen, sie fuhren durch das Tor. Als er gleich darauf noch einmal ausstieg, um es hinter ihnen zu verriegeln, fiel ihr auf, daß er sie allein in seinem Wagen gelassen hatte, erstaunt über das Zeichen eines Vertrauens, das sie selbst in diesem Moment nicht hätte aufbringen können.

Die Landschaft wirkte heller hier, obwohl es dieselbe war wie draußen, nur daß sie sich nun tatsächlich innerhalb der Umzäunung befanden, die rechts und links in der Ferne verschwand. Es war derselbe Bachlauf, dem sie folgten, und je länger sie fuhren, desto breiter wurde er, unentschieden zogen sich seine Rinnen im sandigen Boden nebeneinander her.

Die Straße war kaum mehr befestigt, zu beiden Seiten der Fahrbahn lagen kleine ausgetrocknete Büsche, stachelige Kugeln, die bei jedem Windhauch weiterrollten, bei jeder Böe aufflogen und ein Stück durch die Luft trieben, bis sie sich im Windschatten eines Busches oder eines Sandbruchs zu hellen Nestern sammelten. Die Sonne war eben untergegangen.

Sie wagte nicht, ihn um eine Zigarette zu bitten. Es war kindisch, aber sie hatte im Anmeldebogen angegeben, Nichtraucherin zu sein, ohne sich viel dabei zu denken, sie hatte angenommen, an Bord sei das Rauchen ohnehin untersagt. Es war eher eine Entscheidung gewesen als eine Auskunft. Sie merkte, daß sie aufgeregt war, und wünschte, jemand könnte es sehen. Sie mochte diese Steppe da draußen, die Gelassenheit der Farben, wie sie sich am Tag unter der Wärme geduckt hatten und nun in den Momenten vor der einsetzenden Dunkelheit noch einmal zu leuchten begannen.

Nach einer guten halben Stunde Fahrt tauchte vor ihnen eine lose Gruppe von Gebäuden auf, man mochte es im ersten Moment für einen Ortsflecken halten, aber ohne den Zusammenhalt eines Dorfes. Verstreute, fensterlose Hallen, Wohnhäuser verschiedener Größen und Formen, im Hintergrund ein gewaltiger, braun angelaufener Kasten, dazwischen etwas wie Zedern, manche der Häuser waren hell erleuchtet.

Sie sagte: »Das ist es.«

Der Fahrer sah jetzt in den Rückspiegel. Für einen Moment kam es ihr vor, als habe er sie während der Fahrt vergessen und sei nun verwundert, daß sie bei ihm saß. Aber er prüfte wohl nur, ob sie eine Antwort erwartete. Er sah sie an, dann nickte er. Er nahm die Hand vom Lenkrad und hob sie ein wenig in die Luft, wie um auf etwas zu weisen. Seine Hand stand für Momente in der Mitte des Wagens, richtungslos, als zeige er auf alles zur gleichen Zeit. Dann ließ er sie sinken, sie ruhte auf dem Griff der Automatikschaltung, er bremste und bog ein auf den Platz vor dem ersten Gebäude.

Eine Teerfläche, die ohne Begrenzung in den Sand auslief, eine Handvoll staubfarbener Kleinbusse stand verstreut, und auch ihr Fahrer ließ den Wagen ausrollen, stellte die Schaltung auf Parken, stieg aus und öffnete Hella die Tür. Sie streckte die Füße hinaus, für einen Moment konnte sie sich nicht vorstellen, von selbst auszusteigen und auf eigenen Beinen zu stehen. Dann erhob sie sich doch, sie wollte nicht, daß er glaubte, ihr helfen zu müssen. Er ließ die Wagentür nicht los, er trat nicht zurück. Als sie sich aufgerichtet hatte, stand er direkt vor ihr, um weniges größer. Er hob den Kopf, sie wich zurück, sein Blick wies über ihre Schulter hinweg auf etwas, das in ihrem Rücken lag.

Als sie sich umwandte, war der Mond aufgegangen. Sie konnte sich nicht erinnern, ihn je so klar gesehen zu haben. Kupferrot, eine strahlende Medaille. Sie wußte nicht, wer sie hätte verdient haben können. Es dauerte einen Moment, bis sie begriff, daß es ein Himmelskörper war und kein Orden. Ihr Ziel, sie war auf dem Weg dorthin.

Auf den Stufen, die zum Eingang hinaufführten, stolperte sie einmal, dann waren sie im Inneren des Gebäudes. Die Halle, in die sie traten, wirkte auf sie wie ein Andachtsraum nach der Andacht, ein leerer Saal, durch dessen Oberlichter letztes, von Schmutz gebrochenes Abendlicht fiel, die rückseitige Wand war mit Stoff verhängt, an den Rändern türmten sich zum Hinweis auf die Existenz von Menschen ineinandergestellte Stühle, dunkles Linoleum, vielleicht ein Tanzsaal, es roch nach unerfüllten Wünschen.

Auf ihrer Seite befand sich zurückgesetzt das, was sie zunächst für die Kanzel gehalten hatte, eine Art Tresen, hinter dem nun ihr Begleiter stand, er schaute sie an.

Als sie zu ihm hinüberging, sprach er deutsch. Mit einem Akzent wie gespielt, rollend, er lächelte beim Sprechen. Hella erschrak über diese Nähe, an der sie sich festhalten wollte, auch wenn sie zugleich fürchtete, darüber die Fassung zu verlieren, die sie in diesen Tagen in sich selbst gefunden hatte. Er hieß sie in verwirrend einfachen Worten willkommen auf der Station. Sie unterbrach ihn mit der Frage, wo er Deutsch gelernt habe, und er erklärte, während der Ausbildung. In Deutschland? Nein, sagte er, in England, von den anderen Studenten, und vorher schon, in Krakau, wo er geboren sei, da habe er in einem Café gearbeitet, in das die Deutschen kamen. Er fuhr fort mit seiner Rede, die herzlich war, auch wenn Hella nicht alles verstand. Sie alle seien erfreut, sagte er, daß sie da sei. Jetzt gebe es die Gelegenheit für Formalitäten. Sie sah ihn fragend an, und begriff auch nicht, als er sagte, es gehe um die Anmeldung. Wozu sollte sie sich anmelden, war denn nicht alles von ihr längst bekannt? Er hatte sie doch erwartet. Sie fragte, was er wissen müsse.

Zunächst ihren Namen.

II RINGFINGER

HELLA BRUNS kam zur Welt in einem Ort namens Alfeld an der Leine, wohin es die Familie vor Jahrzehnten verschlagen hatte und wo sie geblieben war. Ein Kranz aus Milchschorf zog sich über ihren Kopf, ihre Mutter war die Krankenpflegerin Erika Bruns, der so etwas keine Sorgen bereitete. Der Vater war fort. Ihre Kopfhaut wurde mit angewärmtem Öl bestrichen, bis sich der Schorf im Frühjahr löste. Von Beginn an waren es Hellas Augen, die auffielen, groß und braun, wie aufgerissen, so schaute das Kind aus der Wiege, wach und immer ein wenig entsetzt. Es wurde nicht getauft.

Hella trank gut, doch als sie hätte essen sollen, aß sie kaum. So wurde sie schmal, ein Hungerleib, sagte die Großmutter. Das Kind bewegte sich gern, aber mit Bedacht, es stieß sich selten, und später, als es sich hochzog und erste Schritte machte, fiel es nicht hin. Hella kletterte mit Leidenschaft, und die Mutter ließ sie gewähren. Auf dem Weg in den Ort gab es eine lange, kniehohe Mauer, auf der die Tochter balancierte, so oft sie dort gingen. Auf halbem Wege war ein niedriges Plateau, dort hatte sie sicheren Stand, holte mit den Armen aus und sprang in die Luft. Die Mutter fragte, wohin sie springe, und sie sagte, bis in den Himmel.

Sie blieb ein schmales, bedächtiges Kind. Immer zu glatte Haare, immer ihr großer, verschwommener Blick, der jemand anderen zu meinen schien als den, der sie ansah. Keine Gelegenheit zu einem Moment der Ruhe, sie wollte es nicht oder sie konnte es nicht wollen. Auch ihren Freunden wurde sie zuweilen unheimlich. Eine Zeitlang war sie die, deren Namen man an der Tafel zusammen mit dem eines Jungen in ein Kreideherz malte, wenn man dem Jungen übel wollte. Hella nahm es mit so viel Fassung, wie in diesem Alter zur Verfügung stand. Einen Sommer über sammelte sie an den Nachmittagen Insekten, trotz der unbestimmten Ahnung, daß eine solche Leidenschaft kaum dabei helfen würde, zurück in die Ordnung ihrer Mitschüler aufgenommen zu werden. Die Tiere fand sie in einem Waldstück in der Nähe ihres Hauses, im Moos oder unter den Steinen, stets führte sie die schwere Leselupe der Großmutter mit, setzte sich ihre Fundstücke auf die Hand, und studierte in großer Ruhe Aufbau, Gestalt und die Eigenarten ihrer Fortbewegung, während die Tierchen verzweifelt an die Ränder dieser neuen Welt zu gelangen versuchten. Hatte sie sich an einem der Tiere satt gesehen, entließ sie es aus der Landschaft ihrer Hand, wo es in unaufhörlichem Kreisen eine Grenze gesucht, gefunden und vergebens überschritten hatte, um nur immer wieder von Handfläche zu Handrücken und zurück zu gelangen, und setzte es auf den Waldboden, wo sie sogleich auf weitere Exemplare stieß, als würden diese sich darum drängen, von ihr wahrgenommen und auf diese Weise für Augenblicke in ihrem Dasein bestätigt zu werden. Selten kam es vor, daß ihr auffiel, wenn eine Tierart sich wiederholte.

Hella war immer eine gute Schülerin. Es fiel ihr nicht schwer, sich ganz einem Gegenstand zu widmen, das allein hob sie bereits aus dem Kreis ihrer Mitschüler heraus. Die Selbstversenkung gelang ihr so gut, daß anderes darüber in Vergessenheit geriet, und sei es nur, die Ergebnisse dieser Hingabe mitzuteilen. Das sprach nicht gegen ihr Talent, ließ aber außer acht, daß auch die Schule nur wieder ein Ort war, an dem man sich mit anderen auszutauschen hatte. Am Ende ließ sich nicht feststellen, ob ein Gegenstand verstanden war, bevor dieses Verstehen nicht an die Oberfläche trat, heraus zu den Lehrern, die Hella mit einer Mischung aus Bewunderung und Furcht betrachteten.

Wenn sie ihren Geburtstag zu feiern hatte, bastelte sie Karten aus Tonpapier, auf die sie aus Illustrierten ausgerissene Sonnenuntergänge klebte. Mitten in den roten Himmel schrieb sie mit Schönschrift die Sätze, die Tag, Ort und Umstand der Einladung erklärten, auch wenn es bis auf wenige Ausnahmen jedesmal dieselben vier, fünf Kinder waren, die kamen.

Ihrer Mutter entging nicht, daß in dieser Hinsicht etwas zu tun war. Hella besuchte über die Jahre mit unterschiedlicher Dauer und Erfolg einen Neugeborenenschwimmkurs, die Eltern-Kind-Gymnastik, lernte die verwirrende Musikalische Früherziehung kennen, nahm ein halbes Jahr lang Ballettstunden, bei denen sie eine beste Freundin fand und wieder verlor, sie erhielt Querflötenunterricht und gewann nur deshalb einen dritten Preis im Pippi-Langstrumpf-Ähnlichkeitswettbewerb, weil der einzige weitere Bewerber ein Junge war. Ihre Mutter meldete sie bei einem Turnverein an, wo Hella bereits am ersten Nachmittag bewegungslos an der kalten, glatten Reckstange hing und von unten her zusah, wie ihre Finger einer nach dem anderen den Halt verloren, bis sie abglitt und zum Umziehen geschickt wurde, sie ging in den Winterferien zur Skischule, nahm teil am Sportsommer (verfehlte jedoch das dazugehörige Abzeichen), fuhr in einem Anflug von Begeisterung mehrmals zu vogelkundlichen Exkursionen, bis ihr das Ausschlafen wichtiger erschien, eine Zeitlang war sie Mitglied des Schulchors und trat der Hindi-AG einer Referendarin bei, die nach deren Weggang nicht fortgeführt wurde. Im Jugendzentrum gab es den Kurs Vegetarische Küche, Hella war verblüfft, wie schnell und schön sich Karotten hacken ließen, auch wenn sie so wild mit den schweren Küchenmessern hantierten, daß die Leiterin erst tobte und anschließend in Tränen ausbrach. Einmal wöchentlich trainierte Hella Mehrkampf im Leichtathletikverein, was guttat, selbst wenn es mit ihrem sonstigen Leben nichts zu tun hatte, und am Ende meldete sie sich, weil alle es taten, bei der Tanzschule an. Der Tanzlehrer gefiel ihr.

OBWOHL IHRE MUTTER sich manchmal abends eine Zigarette anzündete und ihre Großmutter ohne das silberne Etui nicht aus dem Haus ging, war Hella der Gedanke, selbst zu rauchen, fremd. Sie hatte es, wenn die anderen zusammenstanden, einige Male probiert, aber da es ihr nicht gelang, einen Reiz daran auszumachen, und weil ihr die kleinen Gesten der Zusammengehörigkeit entgingen, zog sie vor, keine weitere Mühe darauf zu verwenden. Anders war es mit kräftigeren Mitteln, von denen sie sich tatsächlich etwas versprach, offenbar steckte in ihnen eine Wirkung, die über den beruhigenden Trost einer zwischen den Fingern gehaltenen Zigarette hinausging. Hella entschied, eher neugierig als nervös zu sein.

Einmal hatte der Tanzlehrer, als er sie und ihre Freundin Karola zu einem Ausflug an den See abholte, im Auto über Marihuana gesprochen. Für ihn sei es wie Sex – man könne darauf verzichten, aber es würde etwas fehlen. Das hatte ihr auf dumpfe Weise eingeleuchtet. Kurz darauf waren sie mit leerem Tank auf der Landstraße liegengeblieben, und während der ganzen Wartezeit hatte sich der Tanzlehrer geärgert, nichts zum Rauchen dabei zu haben. Hella war es läppisch erschienen, als könne er seiner Langeweile nicht auch anders Herr werden. Sie hatte, während Karola an der Böschung Gänseblümchen zu einer Kette zusammensteckte und er verloren auf der Motorhaube saß, Steine in ein Maisfeld geworfen. Als ihnen nach einer guten Stunde endlich geholfen worden war, bestimmte er, der Ausflug sei vorbei, und brachte sie schweigend nach Hause.

Also hatte sie warten müssen, bis beim Fest ihres Jugendzentrums etwas Selbstgedrehtes kreiste. Hella hatte sich in einem der Sessel im Aufenthaltsraum zurückgelehnt und gefühlt, ob in ihr nun etwas anders sei, und je mehr sie sich auf die einzelnen Körperteile konzentrierte, desto stärker schienen ihre Arme, Beine, ihr Bauch und ihr Kopf tatsächlich zu kribbeln, warm zu werden und in eine innere Bewegung zu geraten. Aber diese Empfindungen hatten, sobald sie nicht mehr darauf achtgab, nachgelassen, und auch wenn Hella erstaunt war, daß sie sich offenbar jederzeit von selbst wiederholen ließen, so schien ihr das nur zu bestätigen, daß diese Wirkung allein kaum gemeint sein könne.

Sie hatte daher, als einige Monate später unter Freunden beschlossen wurde, einen Schokoladenpudding zu kochen, erklärt, dabeisein zu wollen. Sie trafen sich am frühen Abend, Hella war für die Zubereitung des eigentlichen Gerichts zuständig, während die anderen über Menge und Vorbereitung der Zusätze fachsimpelten. Sie aßen langsam, einer hatte das Licht gelöscht, sie hockten schweigend im Kreis wie Verurteilte bei einem letzten Mahl. Der Geschmack des Puddings hatte nicht gewonnen, aber mit reichlich Zucker war es immerhin eine Süßspeise, für die Hella generell eine Schwäche hatte, so daß sie, nachdem die aufgeteilten Portionen gegessen waren und alle wartend in den Sesseln versanken, sich noch einmal nach vorn beugte und den Topf auszukratzen begann.

So hatte sie noch immer gesessen, die Finger im längst leeren Topf auf der Suche nach letzten Resten, das Gespräch widmete sich unterdessen Eigenarten und Vorzügen verschiedener Tageszeiten, als etwas sie durchfuhr, das sie gern einen Schrecken genannt hätte, wenn es dafür nicht bei weitem zu greifbar gewesen wäre. Sie hörte, wie es ihr nach langer Anstrengung gelang, »oh« zu sagen. Die Blicke der anderen waren langsam. Ihr eigener Körper staute sich, von den Füßen her beginnend, an. Sie wünschte zu seufzen. Jemand beugte sich über sie, sie klammerte sich an ihn. Deutlich stand ihr vor Augen, wie das Leben aus einer nicht enden wollenden Folge von Schleifen zusammengesetzt war, die sie Bahn für Bahn wie ein Komet durchlief, was Sekunden dauern konnte, wie jetzt, oder Jahre, während derer man glaubte, sich weiterzuentwickeln und voranzukommen, nur um am Ende mit rasender Geschwindigkeit zurück zu dem Punkt zu jagen, an dem all diese Bögen miteinander verknotet waren und der offenbar hier in einem fremden Badezimmer lag, in dem sie nun an die Toilette gelehnt kauerte, im stillen Zentrum eines Kreiselns, mit nichts als dem schwachen, unerfüllbaren Wunsch, sich zu erleichtern.

Dann hatte sie in einem Zimmer auf dem Bett gelegen und erlebt, wie es sich anfühlte zu sterben. Alles war wie erwartet, die rasch durchgeblätterten Erinnerungen an die Stationen ihres Lebens, das nun aus einer wahnwitzigen Summe kleinster Details zu bestehen schien, die ihr in den Momenten des Erlebens kaum aufgefallen waren, nun, mit dem Tod vor Augen aber ihre wahre Bedeutung offenbarten, manche Gesten, einzelne Sätze, die sie niemals verstanden hatte, das Lachen eines Verkäufers hinterm Tresen der Bäckerei, als sie nach Brot fragte, das Erlebnis eines nächtlichen Schneeschauers, eine Beschriftung an der Mauer ihrer Grundschule, deren rote Farbe nun schon deshalb wichtiger wurde als das Geschriebene selbst, weil es ihr nicht mehr gelang, sich an die Worte zu erinnern.

Und tatsächlich hatte sie irgendwann zu schweben begonnen, hatte die anderen gesehen, wie sie sorgenvoll um dieses fremde Bett standen und tröstend auf sie einsprachen, auch wenn das zerwühlte Lager zu ihrem Erstaunen leer war, als sei ihr Körper gar nicht zurückgeblieben, sondern schwebe mit unter der Zimmerdecke, was ihr falsch erschien. Sie hatte in rasend kurzen, abgetrennten Bildern gesehen, wie sie in einer ganz anderen Zimmerecke auf dem Boden kauerte und sich in großen Schüben über die schwarzweißen Fliesen erbrach. Sie hatte, wieder im Bett, die anderen rufen gehört, sie riefen lachend, als seien sie selbst schon geborgen, und ihr dämmerte, daß alle anderen längst angekommen waren, während sie selbst noch auf dem Weg durch diesen dunklen, hallenden Gang war, sie stießen sich an und zeigten auf sie herunter und winkten ihr, die herumirrte, wo es doch so leicht wäre, zu einem Ende zu kommen auf dieser alten, leiblichen Seite und hinaufzugelangen, ins Licht, das rund war, kreisrund, wo eine unermeßliche Fülle von Luft auf sie wartete, wo die anderen standen und offenbar ausgelassen waren, in einem milden, hellgelben Himmel.

DAS ERLEBNIS verwirrte sie, und obwohl es viele Fragen aufwarf, behielt sie die Erfahrung für sich. Zum ersten Mal geschah es, daß sie ihrer Mutter etwas nicht erzählte. In den Tagen, die folgten, kämpfte sie mit der unwillkommenen Einsicht, daß die Welt weit weniger zusammenhielt, als sie vermutet hatte. Immerzu fielen ihr Dinge auf, von denen sie wünschte, sie hätte sie niemals bemerkt, weil es ihren Glauben an die Festigkeit der Ordnung erschütterte. Sie saß in der Straßenbahn, und wie immer wurden vor jedem Halt die Stationen angekündigt, aber es paßte nicht zusammen. Während sie stadteinwärts fuhr, behauptete die Automatenstimme, hinauszufahren, eine technische Störung, ein Mißverhältnis, das man hätte überhören können, aber mit jeder Wiederholung fuhr es ihr tiefer unter die Haut. Sie sah die Mitreisenden an, die ungerührt vor sich hin schauten, eine alte Frau stützte sich ruhig auf ihren Stock, manche lasen, ein Junge in ihrem Alter blickte verlegen zur Seite, als sie ihn ansah, und nichts verriet, ob sich einer von ihnen an der Gewalt dieser Lüge störte, ob man sie überhaupt zur Kenntnis nahm, ja nicht einmal, ob sie alle denn nun stadtein- oder -auswärts fuhren. Hätte man die Geräusche der Fahrt ausblenden können, wäre mit einem Mal die riesige Stille im Wagen offenkundig geworden, die Hella nun auch so zu spüren meinte. Solchen Erfahrungen war sie ohne Abstand ausgeliefert, sie wuchsen übergroß und rückten ihr zu nahe mit all den Fragen, die sich dahinter verbargen. An einem Kiosk wählte sie die Kaugummis, die sie immer nahm und stellte beim Öffnen der Packung fest, daß die Streifen, die rosa gewesen waren, seit sie denken konnte, nun blau aus dem Päckchen schauten, man hätte darüber hinwegsehen können, ein Kundenwunsch, ein Jubiläum, ein Versehen, aber jeder der Streifen schien sie zu verhöhnen, sie herauszufordern, nachzufragen, was wirklich zugrunde lag, welches Versäumnis, welche vergessene Maskerade. Sie ahnte, daß solche dünnen Stellen zur Unruhe der Welt gehörten und daß sie hinzunehmen waren, wollte man in ihr leben. Aber es war erschütternd, wie viele Anzeichen von Unstimmigkeiten sie jahrelang ohne Verwunderung ertragen hatte. Wenn es nach ihr gegangen wäre, hätte es einfache Erklärungen für all das gegeben, hätten sich die Irritationen anders deuten lassen denn als schadhafte Stellen im Überwurf eines Geheimnisses, zu dem sie niemals vorzudringen wünschte. Sie, die den Dingen immer auf den Grund hatte gehen wollen, sehnte sich nun nach Unbefangenheit, aber jedes Erlebnis gab ihrem Mißtrauen neue Nahrung, so daß sie die Augen schließen mußte, um all die Fehler nicht zu sich hereinzulassen.

Irgendwann vertraute sie sich stockend ihrer Sportlehrerin an, die sie lächelnd beruhigte, sie werde ihr Zutrauen schon wiederfinden. Und so kam es am Ende auch, selbst wenn sie nicht wagte, darüber nachzudenken, was mit dem Unglauben nun geschehen war.

Sie bekam eine Austauschschülerin aus Slowenien zu Gast, die Irina hieß und Hella gefiel. Irina lachte oft, halb aus Verlegenheit, halb aus echter Freude, sie konnten kaum miteinander sprechen. Hellas Mutter versuchte es auf Englisch, die Großmutter auf Russisch, was Irina nur wieder zum Lachen brachte, sie zeigte auf sich und erklärte mit den wenigen gemeinsamen Worten, daß ihre Großmutter ebenfalls russisch könne und auch ihre Mutter spreche englisch, sie selbst aber nichts davon, wozu sie den Kopf schüttelte. Irina schlief mit in Hellas Zimmer. Abends saßen sie zusammen, Irina führte ein Heft, in dem sie die Wörter des Tages notierte, und Hella war verblüfft, was sie sich alles merkte und welche Überlegungen sie dazu anstellte. Einmal fragte sie: »Mutter als was?«, und Hella brauchte einen Moment, um zu begreifen, daß sie es für eine Steigerung hielt, wovon auch immer. Überhaupt zeigte Irina eine Liebe zum Komparativ, sie sagte Größermutter und fragte beim Essen, ob sie noch mehrer haben dürfe. Sie schminkte sich und zeigte Hella, die bislang höchstens Kajal aufgetragen hatte, wie man es anstellte. Für die wenigen Mädchen in Hellas Bekanntenkreis, die damit Erfahrung hatten, war das Schminken ein Zeichen, sie taten es, um geschminkt zu sein, sie malten sich an, mit tiefschwarz konturierten Augen, etwas Puder und einem dunklen Mund. Es war eine fremde Welt, die sie auftrugen, ein seltsam unwirkliches Zitat. Irina dagegen schminkte sich, um schöner zu sein, ein wenig Make-up, etwas Lidschatten, ein sanft verwischtes Rouge. Sie stand früh auf und verbrachte den halben Morgen vor dem Spiegel im Bad, um an Verläufen zu arbeiten, die sanft waren wie ein Abendhimmel. Über jede andere hätte Hella sich lustig gemacht, aber nun saß sie mit angezogenen Beinen auf dem Klodeckel und sah zu, wie Irina reinigte, schrubbte, cremte, grundierte, puderte und dazu mit wenigen Worten erklärte, was sie gerade tat. Es war ein Handwerk, Hella erinnerte es an die Arbeit der Vergolderin, die sie mit dem Kunstkurs in ihrem Atelier besucht hatten. Und wie sich dort Lage um Lage aus dem Nichts ein Glanz gebildet hatte und immer leuchtender geworden war, so empfand sie nun mit jedem Pinselstrich stärker den Unterschied zwischen dem Zauber von Irinas allmählich erstrahlendem Antlitz und ihrem eigenen kleinen, in die Hände gestützten Gesicht.

IM FRÜHLING nach ihrem vierzehnten Geburtstag wurde Hella zum ersten Mal schwanger. Sie hatte Rajid an einem Wochenende ihrer Kirchengemeinde kennengelernt, das eigentlich der Vorbereitung auf die Konfirmation dienen sollte. Er war mit seinen Eltern nach Deutschland gekommen, die Christen waren, aber er selbst schien davon nicht viel mitbekommen zu haben. Die Mädchen schauten sich an und kicherten, weil er beim Beten die Hände vor dem Gesicht faltete, weil er ihre Lieder nicht kannte oder über die Art, wie er »Jesus« sagte. Dabei stand außer Zweifel, daß sie den Jungen vergötterten mit seinen schwarzen Augen und der dunklen Haut. In der Pause standen sie auf dem Kirchhof um ihn herum, er erzählte lachend von zu Hause, von seiner Heimat, wo seine Eltern Unternehmer waren, die nun Arbeitskräfte aus Europa anwerben wollten, er erzählte von den Plänen, und sie lachten mit ihm.

Hinter der Kirche sagte er Hella, wie sehr er ihre Augen mochte, und sie sagte es ihm auch. Er kannte ein Spiel, in dem man dem anderen mit den Fingerspitzen über das Gesicht strich, um herauszufinden, ob es eine Stelle gäbe, an der sich die rechte und die linke Hälfte unterschieden. Sie suchten mit geschlossenen Augen, er hatte die Brauen ein wenig zusammengezogen, als müsse er sich anstrengen, die Stirn kräuselte sich, sie spürte die kleinen Hügel, wo seine Muskeln sich wölbten. Sie war erstaunt, wie gleichmäßig das Muster dieser Erhebungen auf beiden Seiten seiner Stirn verlief. Die Wimpern waren lang und fest, auf einmal überkam sie eine Lust, jede einzelne von ihnen mit den Fingern abzuzählen, aber sie waren zu fein und es war nicht die Ruhe dafür. Nach seinen Wangenknochen griff sie, als hätte sie etwas in der Hand. Der große, schöne Mund, sooft sie seine Lippen auch umkreiste, sie blieben ausgeglichen und vollkommen. Auch er fuhr jetzt mit den Fingern über ihre Lippen, und sie mußte sie ein wenig öffnen, selbst wenn es nur ein Spiel war. Er fand den Leberfleck unterhalb ihres Mundwinkels und streichelte ihn lange, wie ein Geheimnis, auf dessen Entdeckung er beharrte. Dann stieß sie am Haaransatz seiner rechten Schläfe auf eine Narbe, man spürte unter der Haut, wie das Fleisch sich an der Stelle verdickte und fester war, und auch von der Bewegung, mit der sie nun wieder und wieder darüber strich, nicht weicher wurde.

Ihre Regel, die im vergangenen Herbst erst eingesetzt hatte, blieb aus, die Mutter begleitete sie zum Arzt, sie führten lange, leere Gespräche, in denen Hella zum ersten Mal ihr Leben vor sich liegen sah, als könne sie selbst darüber bestimmen, als sei da nicht dieses graue Feld aus Zukunft, das sie Morgen um Morgen betrat, ohne es zu überblicken, wie blind, wie jemand, dem alles zustoßen kann. In der Nacht lag sie in ihrem viel zu kleinen Bett und sah sich an Rajids Seite, fühlte in Gedanken noch einmal, wie kräftig sein Haar im Nacken in kleinen Borsten aus der Haut drang wie bei einem Mann. Sie hatte ein Bild vor Augen, wie sie neben ihm am Taufbecken stand und sie alle weinten vor Rührung und Glück und Überforderung und das Kind wohl einfach wegen des Wassers, sie sah, wie sie sich über das Bündel in ihrem Arm beugte und dem Kind mit einem weichen, weißen Tuch die Stirn abtupfte, sie konnte sein Gesicht nicht sehen, aber dann sah sie die Kaffeetafel, zu der nun alle aufbrachen, ohne sie sich anders vorstellen zu können als die ihrer letzten Geburtstagsfeier, mit Würstchen und seltsam jungen Gästen, und die Stühle, an denen sie saßen, waren in ihrer Vorstellung abwechselnd viel zu klein und viel zu groß. Sie sah das älter gewordene Kind an einem Strand, den sie aus der Erinnerung an ihre eigenen Ferien kannte, wie es schreiend zwischen ihnen herumlief, aus Jubel, am Leben zu sein, verwundert und entzückt über die Liebe seiner Eltern, über ihre Beweglichkeit beim Ballspiel und ihren Mut in der Brandung. Rajid und sie faßten es an Händen und Füßen und warfen es immer wieder in den Himmel, der offen war, und niemand von ihnen wollte mit all dem aufhören, bis sie am Ende im Sand lagen und vor Erschöpfung keuchten. Dann sah sie sich neben Rajid alt werden, Hand in Hand in nebeneinandergestellten Sesseln, ein Brief des Kindes lag auf dem Tisch, aus einer fernen Stadt, sie hatten die Augen geschlossen und lächelten, und Hella preßte die Beine um ihre Bettdecke, lange lag sie da, auf ihrer kleinen Matratze in ihrem Zimmer in dem Haus ihrer Mutter mitten in der Welt, die vielleicht eine Zumutung war, und entschied, das Kind nicht zu bekommen.

Hella verbrachte in den Wochen, die darauf folgten, ganze Tage in dem kleinen Wintergarten hinter der Küche, hörte Musik und sah hinaus in die Baumkronen. Als die anderen Konfirmation feierten, buk ihre Mutter eine weiß glasierte Torte und stellte sie im Wohnzimmer auf den Tisch, zusammen mit einigen Geschenken, von denen sich Hella neben einer Karte ihrer verwirrten Großmutter am meisten über den Kopfhörer freute, den sie sich gewünscht hatte. An einem schmalen Plastikbügel hingen zwei dicke, schwarze Hörmuscheln, in deren weichem Schaumstoff sie nun Tag für Tag versank, als warte darunter ein Ort der Stille, so laut sie die Musik auch stellen mochte.

Draußen wurde es allmählich Sommer, zum ersten Mal sah Hella mit der Hartnäckigkeit eines täglichen Vergleichs, wie das Grün des Ahorns vor dem Fenster sich vermehrte, wie es das Licht im Hof beschwerte und verdunkelte, als sei dort keine Luft mehr, sondern nichts als diese ungerichtet wuchernden Blätter, wie Hände, die unaufhörlich weiterwuchsen, winkten und nach ihr zu greifen suchten. Rajid schrieb sie einen Brief, auf den sie keine Antwort erwartete und auch keine bekam. Sie verstand sich selbst nicht und war vielleicht gar nicht zu verstehen, ihre Mutter ließ sie mehr und mehr in Ruhe, und als sie nicht zurückrief, meldeten sich irgendwann auch die Freundinnen nicht mehr. Sie schlief viel in dieser Zeit, vielleicht zu viel, sie war blaß und dennoch müde, manchmal winkte sie einem der nun gelben Blätter, das hinunterglitt, hinterher, in einem süßlichen Schmerz, für den sie sich verachtete.

Dann waren auch die Ferien vorüber, und sie mußte wieder zurück zu den anderen. Sie lief durch die Flure, und selbst wenn es noch immer so roch wie vorher, hingen in den Wechselrahmen an den Wänden neue Siebdrucke mit den Selbstportraits der Abschlußstufe. Sie öffnete die Tür zu ihrer Klasse, da standen sie alle noch immer so, wie Hella sie zurückgelassen hatte, in den bunten Pullovern, und die meisten von ihnen kamen und umarmten sie, und in der Pause standen sie wieder beieinander, und Hella hörte die Geschichten ihrer Freundinnen und wie sie lachten, und irgendwann lachte auf einmal auch sie.

SO GING ES WEITER. Erst war sie größer geworden, nun wurde sie älter. Die Jahre kamen heran wie die Dämmerung am Abend, unmerklich und sanft, und erst im nachhinein zeigte sich, daß es dunkler geworden war, wenn das Licht sich längst gewandelt hatte. Und dieser Zustand galt, bis man bemerkte, daß es nun wirklich dunkel geworden war, und dann noch einmal dunkler und immer so fort bis zur Nacht.

Am Anfang war jedes neue Jahr eine Auszeichnung gewesen, ein Status. Dann hatte sich ihr Freund in ein anderes Mädchen verliebt, und Hella merkte, wie sich alles verlor. Sie ging in die letzte Klasse und stellte mit Erstaunen fest, daß sie geworden war wie eine Oberstufenschülerin, mit allem, was sie früher aus der Entfernung beklommen gemacht hatte, der seltsame Ernst, mit dem sie draußen zusammenstanden und dann beim Lachen die Köpfe zurückwarfen, hochaufgeschossen, stumpfe Ledertaschen zwischen die Füße geklemmt. Wie sie sich den Ärmel hochschoben, um einen Blick auf ihre Uhr zu werfen. Die idiotische Würde, die sie vor sich hertrugen, als nähmen sie einen in den Gängen tatsächlich nicht wahr, den Blick weit in die Ferne gerichtet. Im Schulbus umfaßten sie mit einer Hand die Querstange unter der Decke und hielten dabei den Kopf etwas geduckt, um aus dem Fenster zu sehen. Immerfort schienen sie in Gedanken zu sein, Hella hatte sich nicht ausmalen können, was einen derart beschäftigen konnte. Jetzt wußte sie es, auch wenn sie keinen Namen dafür hatte. Sie bewegte sich zwischen ihren Mitschülern mit der gleichen Selbstverständlichkeit, sie spürte, daß dieses Verhalten und diese Zeit nun ihr gehörten. Und es überfiel sie die Ahnung, daß das jetzt immer so bleiben würde, daß auch sie irgendwann einmal in jedes dieser unvorstellbaren, erbarmungswürdigen

Lebensalter gehören würde, die noch vor ihr lagen, und daß jedes einzelne zu seiner Zeit richtig und angemessen wäre, passend, wie man von einem Kleidungsstück sagte, daß es paßte, wenn man es sich hatte ändern lassen müssen. Und auch wenn der Gedanke hätte zuversichtlich stimmen können, lief es ihr jetzt, da sie dieser Unausweichlichkeit entgegensah, kalt den Rücken herab.

Nach der Schule wußte sie sich nicht zu entscheiden. Sie hätte alles haben können, aber alles schien ihr zu wenig, jede einzelne Möglichkeit schloß die anderen aus, so daß sie am Ende gar nichts tat. Den Sommer verbrachte sie an einer stillgelegten Kiesgrube, schwamm lange in dem klaren See und tauchte mit offenen Augen, ohne anderes zu entdecken als eisblaues Wasser. Wenn sie hinabschaute, sah sie verschwommen ihren Schatten in der Leere, der langsam zu strampeln schien, grundlos, wie ein Kind, und immer war er vom Strahlenkranz der Sonne umgeben, das genügte ihr. Sie kletterte barfuß durch die lehmverspritzten Streben der schwimmenden Förderanlage und legte sich oben ins Fließband, das einmal den nassen Kies ans Ufer gebracht hatte, auf die Lastwagen, in irgendein Werk, zu irgendeiner Verwendung. Jetzt stand es still, es gab nichts zu befördern. Sie spürte ihr Gewicht auf dem warmen, schwarzen Gummi, ihre Haut klebte daran fest. Ein kleines Schwanken der Pontons, der Himmel über ihr, mehr gab es nicht. Sie legte sich die Hände auf den Bauch. So lag sie lange, ohne einen Gedanken.

Dann kam der Herbst, und sie begann doch eine Ausbildung, ging fort, bezog eine Wohnung, lernte Menschen kennen, machte Besorgungen, hatte Dinge im Kopf. Sie war ausgefüllt von Tätigkeit. Morgens lief sie zur Arbeit über den Fluß und sah auf der anderen Seite die Sonne aufgehen, als träfen sie sich zu einem Kampf. Abends, wenn sie zurückkehrte, standen sie einander wieder gegenüber, auch die Sonne auf dem Rückzug, glühend, geschlagen auch sie, es war ein anhaltendes, zermürbendes, berauschendes Ringen, Tag für Tag, und ihr Zweikampf war nicht zu entscheiden. Sie schenkten einander nichts, sie hatten einander nichts zu schenken. Hella hätte nicht sagen können, ob sie zufrieden war, aber sie war dabei, das sollte genügen.

Sie arbeitete in einer kleinen orthopädischen Werkstatt. Beim Vorstellungsgespräch hatte der Meister gefragt, wie sie auf den Beruf gekommen sei, gewöhnlich müßten ihnen die Lehrlinge zugewiesen werden. Er sagte, die Sorgen seiner Kunden seien womöglich ihrem Alter nicht gemäß. Hella erzählte von den Bögen, die sie bei der Beratung ausgefüllt hatte, zwischen lauter Sechzehnjährigen allein mit dem Gefühl, zu lange in der Schule gewesen zu sein, um gleich darauf ein Studium anzuschließen. Am Kopf der Blätter stand in roten Großbuchstaben WAS WILL ICH, die meisten Punkte gab sie den Feldern *Ich helfe gern – Mit den Händen zu arbeiten ist mir wichtig – Im Rechnen bin ich sicher – Routine hilft mir – Ich möchte viel an der frischen Luft sein*. Für jede Antwort sollte sie Kerben in einen großen Plastikschlüssel schneiden, je weniger man etwas wollte, desto mehr mußte weg, sie war verblüfft, wie schmal die Schlüssel der anderen waren. Vorne an der Wand hing die bunte Kunststoffattrappe einer Tür, über der MEINE ZUKUNFT stand, sie hatte vorsichtig den Schlüssel ins Schloß gesteckt und gedreht, bis in dem Fenster ihr Berufswunsch erschien. Tankwart.

Sie hatte sich umgeschaut, ob jemand zusah, aber ihr Berater tröstete gerade einen Jungen, also hatte sie mit den Zähnen etwas Plastik aus der letzten Zacke für den Wunsch nach frischer Luft gerissen und war bei Orthopädietechnik gelandet. Das kannte sie von der Großmutter, es leuchtete ihr ein.

Was sie tat, hätten auch Feinmechaniker tun können oder Tischler, Schuster, Werkzeugmacher. Nur daß all diese Handwerke in ihr zusammenkamen, sie sprang hin und her wie der letzte Laiendarsteller eines Museumsdorfes, schmiedete morgens eine Lenkradprothese, versah sie über Mittag mit Kupplung und Drehgelenk, überzog alles mit hellem Leder und konnte es kurz vor Feierabend bereits am Armstumpf des Kunden fixieren, der sie vor Aufregung und Freude fast damit erschlug.

Manche der Angebote waren standardisiert, die Leselupen und die Badewannenmatten verkauften sie, wie sie geliefert wurden. Ansonsten war die Regel, daß es keine Regel gab, ihre Kunden kamen, weil sie in der Norm nicht aufgehoben waren, weil es nicht paßte. Sie waren verwachsen oder gelähmt, gebrechlich und in ihren Bewegungen begrenzt, ihre Sinne waren in allen denkbaren Kombinationen eingeschränkt oder gar nicht vorhanden. Aber jeder von ihnen hatte Eigenarten entwickelt, seiner Umgebung zu begegnen, die es nun zu verstärken galt. Was sie brauchten, waren Verbindungsstücke zwischen ihrem Körper und der Welt.

Alles, was in ihrer Werkstatt entstand, paßte Hella auch farblich den Kunden an. Sie erinnerte sich, wie sie früher auf Kinderbildern Gesichter, Arme und Beine in strahlendem Rosa gemalt hatte. Damit hatten diese Farben nun nichts mehr zu tun, es waren Abtönungen eines milden, schmutzigen Beige. Wenn sie beim Beraten darüber sprach, nannte sie es Haut, der Meister sagte

Fleisch dazu. Oft wünschte sie, die Tarnung aufzugeben und klare Farben zu verwenden, ein Blau oder ein Gelb, aber er bestand darauf und die Kunden wohl auch, sie wurden nicht gefragt. Sie waren alt, es war die alte Schule. Sie sollten natürlich aussehen, also bekamen sie die Farbe des Menschen.

Für jedes verwendete Material gab es einen Fächer mit allen Abstufungen des Tons, in winzigen Nuancen zogen sich die Felder von blassem Weiß ins Rosige hinüber zu Hellbraun und Ocker. Sie hielt ihn den Kunden an den Unterarm, um zu sehen, ob es zusammenpaßte, bei starken Altersflecken wählte sie die Farbe eine Stufe kräftiger. Jeder Hersteller druckte abgesetzt ein einzelnes dunkles Feld in sein Angebot, das Afro oder Negro hieß, sie hatten es noch nie bestellt.

Also saß sie in dieser Werkstatt, die bis in den letzten Winkel ausgefüllt war mit Fächern und Ablagen, aus denen Gummi, Leder, Verbände, Modelliermasse und Stoffe wie Fetzen von Haut quollen, so daß sie manchmal meinte, in einem riesigen, kalten Uterus zu sitzen. In den ersten Wochen ihres neuen Lebens, in denen sie abends noch auf Entdeckungsreisen durch die Viertel der unbekannten Stadt gegangen war, hatte sie aus Neugier die Tür zu einem Erotikshop geöffnet, um gleich darauf entsetzt zurückzutaumeln. Es waren nicht die Regale voller Dildos, Gummipuppen, Hochglanzhefte und Lederutensilien, die sie erschreckt hatten, sondern das Wiedererkennen dieser allgegenwärtigen Farbe, der jäh aufblitzende Eindruck, die eigene Werkstatt zu betreten, oder, schlimmer, deren Vollendung.

Sie hatte sich eingerichtet in diesem Leben. Im Sommer schwamm sie in dem Fluß, der die Stadt durchquerte. Sie hatte Freundschaften geschlossen, manchmal klingelte es abends noch, wenn jemand eben in der Nähe war. Sie fühlte sich aufgehoben. An den Wochenenden gab es Ausflüge, oder man telefonierte. Sie hatte begonnen, alte Zeitschriften zu zerschneiden und die Schnipsel auf die Rückseiten der Paketpapiere zu kleben, die im Laden nicht mehr gebraucht wurden. Aus den Fetzen wuchsen Landschaften, oft waren es weiße, helle Gegenden, wie verschneit, die sie aus unbedruckten Randstücken zusammenfügte und allmählich mit verschiedensten Tieren bevölkerte oder mit Menschen, die auf einmal verloren aussahen in dieser Weite, in der hier und da noch Gegenstände herumlagen und nicht mehr zu gebrauchen waren, ein Hammer oder ein riesiges Glas Milch. Auch einzelne Wörter riß sie aus den Überschriften heraus und fügte sie aneinander, bis sie sich zu wilden, unerklärlichen Behauptungen verbanden, und manchmal erschrak sie selbst über die Frage, wohin all das einmal führen sollte. Manchmal las sie sich in den Magazinen auch einfach fest.

Dann war das Kind gekommen. Und mit ihm alles, was nun ihr Leben bestimmte, die Jahre über, und was sie am Ende hierher gebracht hatte.

III MITTELFINGER

ES GAB, das hatte sie gelesen, ein Phänomen, vor dem sich die Pioniere der Raumfahrt fürchteten wie vor wenig anderem. Sie gaben ihm den Namen *Sensorischer Hunger* und meinten damit den Zustand, der einsetzte, nachdem der Start heil überstanden war. Für die Zeit, wenn die Triebwerke abgeschaltet wurden und das Raumschiff ungeführt und still seinem Ziel entgegenstürzte, sah man eine Leere voraus, der die Kosmonauten schutzlos ausgeliefert waren, schwerelos und ohne den Halt auch nur eines einzigen Lautes. Was dieses akustische Nichts dem Menschen antat, darüber gab es nichts als Vermutungen. Leonow und Lebedew hatten es sich in *Der Mensch im Weltall* ausgemalt: »Gleichförmigkeit und Monotonie der Eindrücke sowie das Fehlen einer ausreichenden Menge von Umweltreizen lassen das Energieniveau der Großhirnrinde absinken, was zur Störung körperlicher Funktionen führen kann.« Man wußte nichts vom Leben im All, aber man fürchtete das Schlimmste für die Raumfahrer, die sich in einer Attacke der Verzweiflung zu unvorhersehbaren Eigensinnigkeiten hinreißen lassen könnten: von ziellosen Eingriffen in die Steuerung über das eigenmächtige Verlassen der Kapsel bis zum blinden Einleiten eines Landevorgangs, der im Nirgendwo enden würde. Niemand wünschte sich Schlagzeilen von einem Raumschiff, das mitsamt seiner Besatzung uneinholbar in den Tiefen des Alls verschwand.

Wieder stand ein Aufbruch bevor, der vierte Schritt hinaus aus der bekannten Welt, nach dem Abheben der ersten

Montgolfiere, nach der Ausfahrt der großen Seefahrer zu neuen, unbekannten Ufern, nach dem Entschluß eines frühen Menschen, sein Land zu verlassen und in die Weite der Steppen und Wälder zu gehen. Sie alle hatten keine Vorstellung von dem, was sie dort draußen erwartete, zu Lande, zu Wasser und in der Luft, und es ließ sich anders nicht herausfinden als durch den Versuch. Und wie es die Angst gegeben hatte, nach einer langen Reise am Ende der Welt über ihren Rand zu stürzen, so gab es jetzt die Furcht vor den Geheimnissen eines Ortes, zu dem es nicht weiter war als bis ins nächste Dorf. Wenige Kilometer nur trennten den Menschen vom All, aber sie führten in eine Richtung, die ihm nicht geheuer war.

Auch wenn die ersten Raumfahrer allesamt erprobte Flugzeugpiloten waren, wußte jeder von ihnen, daß diese Missionen mit den Erfahrungen innerhalb der Erdatmosphäre nichts zu tun haben würden. Dies war der luftleere Raum, die schwarze Kälte des Alls. Ihre Instrukteure stellten Experimente mit ihnen an, im verzweifelten Versuch, sich für das Undenkbare zu wappnen. Man setzte die Kandidaten gewaltigen Beschleunigungen aus, versuchte für wenige Momente Schwerelosigkeit zu erzeugen und sperrte die Männer tagelang in schallgedämmte Schweigekammern, um zu schauen, ob sie all dies unbeschadet überstanden. Die Bewerber ertrugen es mit Gleichmut, sie waren Helden.

Wußte man, ob sie es auch im Ernstfall wären? Die Ingenieure entwickelten ein logisches Schloß für die Steuerung der Rakete, um sicherzustellen, daß nur derjenige Zugriff hatte, dessen Geist noch klar genug war, sich einen Zahlencode zu merken. Sie klammerten sich an die irre Hoffnung, Logik und Wahn schlössen einander aus. Bereits die Ausbilder lächelten darüber. Doch es mußte schnell gehen, es war der Wettlauf ins All. Man wollte zeigen, daß man in der Lage war, einen Menschen hinaufzubringen, und der Vollständigkeit halber gehörte er heil wieder zurück, auch wenn es den Aufwand erhöhte.

Man wählte Stellvertreter zum Versuch. Schon die ersten Passagiere eines Heißluftballons waren Tiere gewesen, drei verschiedene Arten hatte man in den geflochtenen Korb gesetzt, Hammel und Ente, Ziege oder Gans, die Chronisten widersprachen einander, nur beim Hahn stimmten alle überein, denn er war es, der sich bei dem Unternehmen einen Flügel brach, als erstes, unerklärliches Opfer der Luftfahrt, fast hätte es zum Abbruch der Versuche geführt, zum frühen Ende der Geschichte des Fliegens, bis man erleichtert beschloß, daß ihm in der Aufregung der Landung der Hammel auf den Flügel getreten sein mußte, oder die Ziege.

Nun aber ging es hinauf in den Weltraum, zunächst für eine Gruppe von Schildkröten, Essigfliegen und Mehlwürmern. Als diese überlebten, sperrte man Menschenaffen in die Kapseln der Raumschiffe, unsere nächsten Verwandten, andere setzten Schlittenhunde ein, weil sie gleichmütiger waren und leichter zu dressieren. Es war die Zeit von Laika, dem ersten Hund im All, auch sie eine Heldin.

An der Wand hinter der Theke entdeckte Hella das Bild der Hündin, im Rücken des Mannes. Postkartengroß steckte es in einem feinen Holzrähmchen, zwischen all den Aufnahmen der Raumfahrer als einziges unsigniert. Laika war, das hatte Hella von Tobi gelernt, als Straßenhündin durch Moskau gestreift, bevor sie für die Raumfahrt entdeckt wurde. Man hatte sie an die Enge der Kapsel gewöhnt, das Foto zeigte sie mit heraushängender Zunge in der winzigen Nische eines Satellitenmodells. Sie schaute streng und stolz, die Ohren aufgerichtet – hatten die anderen Raumfahrer diesen leeren, würdevollen Blick von ihr abgeschaut, oder zeigte sich darin ein Ausdruck erduldeter Angst, der alle Lebewesen verband? Erst nach dem geglückten Start hatte man bekanntgegeben, daß eine Rückkehr der Hündin nicht vorgesehen war. Ihre einzige Aufgabe bestand in dem Beweis, daß Leben unter den Bedingungen des Alls möglich war. Tagelang, so hieß es, habe sie dort oben ausgeharrt, bevor sie ohne Schmerzen starb. (Viel später erst kam heraus, daß die Anzeichen von Belastung bereits mit dem Einsetzen der Schwerelosigkeit überhandgenommen hatten. Die Hündin war nach kürzester Zeit an Panik und Überhitzung gestorben.) Hella nahm sich vor, zu fragen, ob sie sich das Foto ausleihen dürfe, solange sie auf der Station war. So würde Laika ihre Nächte vor dem Start begleiten, in deren Leere Hella einen Sensorischen Hunger voraussah, der furchterregender schien als jede Raumkapsel.

Der Mann räusperte sich und fragte erneut nach ihrem Namen. Sie schaute ihn an und sah, daß er jünger war als sie. Auch er schaute sie an, in Erwartung ihrer Antwort. Zwischen seinen Augen markierte ein knapper, heller Strich die Stelle, wo sich in der Sonne eine Falte bilden würde, jetzt lag sie offen. Die Augenbrauen waren ebenso tiefschwarz wie das Haar und aus einzelnen, wilden Härchen zusammengefügt, die an den Rändern überliefen in die Glätte seines Gesichts. In beiden Augenwinkeln bildete sich ein Strahlenkranz feiner Fältchen. Hella merkte, wie gern sie hier stand, er hatte diese Wangen, die an ihrem oberen Bogen ein wenig hervortraten, in seltsam östlichem Schwung, dabei war er nicht blaß, seine Gesichtsfarbe mochte von der Sonne herrühren oder von seiner Aufregung. Eine breite Nase, Koteletten, ein kräftiges, um eine Winzigkeit vorstehendes Kinn. Er hatte sich rasiert, sie sah die kleinen, leeren Poren um den Mund, die Trockenheit. Warum lächelte er? Seine Lippen hatten die Farbe von Puder. So lehnte er hinter dem Tresen, aufrecht, und nur die Neigung seines Kopfes deutete darauf hin, daß er nicht alleine war und daß noch etwas ausstand zwischen ihnen. Rechts und links des Halses sah sie die Stränge der Muskeln, die sich schmal zu den Schultern hinabzogen, wo sie in die Senken seiner Schlüsselbeine ausliefen. Man hätte es alles berühren müssen. Er hielt die Hände fest auf den Tresen gestützt. Wieder schaute sie auf und sah ihm für einen Moment in die Augen, sie sah die kleinen Schatten darunter (als trage er eigentlich eine Brille und habe sie nur gerade abgelegt), bevor sie den Blick abwandte zu seinem unordentlichen Scheitel und den zwischen dem dunklen Haar versteckten Ohren. Noch einmal streifte sie mit dem Blick seinen Mund, und erst hinter ihm, auf der rückseitigen Wand, fand sie Ruhe, bei Laika, dem Foto, dem Rahmen.

Es wunderte sie, daß ihr nicht einmal ein Seufzer entfuhr, obwohl ihr danach gewesen wäre, nach einem Zeichen, daß etwas von ihr abfiel, die lange Fahrt und womöglich auch die Fremdheit dieser Tage. Wie kam es, daß sie hier, an einem der zahlreichen Enden der Welt, auf jemanden stieß, bei dem sie sich aufgehoben fühlte? (Schon wieder, wie bei dem Kuhhirten auf seiner Insel inmitten der Straße, und wahrscheinlich stellte sich am Ende heraus, daß es ein und derselbe war und er ihr hierher gefolgt.) Kurz sah sie sich um, der weite Raum, die Leere zum Eingang hin, all die holzgetäfelte Unfertigkeit, und schaute wieder zu ihm, um nur weiter in jemandes Nähe zu sein.

Sie sagte ihren Namen, Hella Bruns, und fragte nach seinem, obwohl er auf dem Schildchen stand (*Jaroslaw Adamski*), aber sie wollte ihn hören, also streckte er ihr die Hand entgegen und sagte: Sie nennen mich Adam.

Noch immer hielt sie in ihrer anderen Hand die Tasche, jetzt stellte sie sie ab und wischte sich wohl über die Stirn, jedenfalls faßte er sie für einen Moment an der Schulter und sah sie mit einem Blick an, in dem Sorge liegen mochte oder Neugier. Dann erklärte er, der Direktor der Station sei auf einer Vortragsreise durch Nordchina, und auch sein Stellvertreter habe noch im Ausland zu tun. Sie hätten ihn gebeten, für sie da zu sein. Ihm war nicht anzumerken, ob ihn das freute, aber offenbar nahm er seinen Auftrag ernst. Sie möge sich mit allen Anliegen an ihn wenden.

Als geklärt war, was es zu klären gab (Fragen, die sie ihm beantwortete: worauf sie Heißhunger entwickeln könne, Zahl der Schwangerschaften einschließlich Abbrüchen, ob sie bisweilen an Schwindelgefühlen leide. Fragen, die sie nicht oder nur ungefähr beantworten konnte: das Datum ihrer Einschulung, die Todesarten der Vorfahren bis zu den Urgroßeltern, ob sie gläubig sei), klappte er seine Mappe zu und fragte mit einem Kopfnicken, das die Antwort vorwegnahm, ob sie ihm nun folgen wolle. Er griff nach ihrem Koffer und ging voraus. Hella nahm die Tasche und das eingerollte Banner. Sie wunderte sich, wie leicht es ihr fiel, sich ihm anzuschließen.

Sie traten in die warme, dunkle Luft, Hella achtete nicht darauf, welche Richtung er nahm. Die Stille der Nacht pulste in ihren Ohren, in der Luft lag ein Geruch wie in einem nachtschwarzen Garten. Nach wenigen Minuten erreichten sie ein abseits gelegenes zweistöckiges Gebäude, und er sperrte auf. Dann ließ er sie voran durch die Tür treten und sagte, hier hätten sie alle geschlafen in den letzten Nächten vor dem Abflug, es war nicht zu erkennen, ob er dabei lächelte.

Die Helligkeit verstörte sie, ein Bau aus vergangenen Zeiten, leeres Linoleum, an den Rändern einer nackten Lobby standen einzelne Stühle, die schmal aussahen, wie ausgezehrt. Auf einem davon saß ein Mann und schlief, den Kopf in den Nacken gekippt, so daß er ihnen seine Kehle darbot, auch er in Uniform.

Adam ging ohne Zögern durch die Hintertür wieder hinaus, wo sich eine Wiese mit einigen Beeten öffnete, eine Außentreppe führte hinauf zur oberen Etage. Über eine hölzerne Galerie schritt er an Türen vorbei und hielt erst vor der letzten an. Er öffnete, es war nicht abgeschlossen. So blieb er stehen und wies ihr mit der Hand den Weg hinein.

Das Zimmer war marineblau gestrichen, ein enger Raum, womöglich zur Vorbereitung. Stickige Wärme, auf einem Tischchen zwei einzelne Teetassen, vor den Fenstern Vorhänge aus grünem Samt. Neben dem Durchgang zum Bad stand ein offener Kühlschrank.

Mit einem Schwung, unter dem das Zimmer erzitterte, stellte Adam ihren Koffer in die Mitte des Raums, machte mit der Hand eine Bewegung, die an einen Gruß erinnerte, und wandte sich zum Gehen. Er hatte den Raum gerade verlassen, als er innehielt und von draußen noch einmal den Kopf durch die Tür steckte, um zu flüstern, sie finde auf dem Kissen einen Umschlag, der ihren Zeitplan für die nächsten Tage enthalte. Pador habe ihn geschrieben, der stellvertretende Direktor, der für die Koordination zuständig sei. Sie solle den Plan am ersten Tag ruhig noch nicht ganz ernst nehmen und sich morgen erst einmal von ihrer Reise ausschlafen. Später wäre es hilfreich, sie könnte sich daran halten. Dann zog er die Tür hinter sich zu. Als er fort war, hoffte sie, etwas wie Danke gesagt zu haben.

Im Bad glühte eine Heizschlange, über der ein steifes Handtuch hing. Sie wusch sich. Neben dem Waschbecken lag ein Stück Seife, das einmal weiß gewesen sein mußte und jetzt alt geworden war, eine Trübung, die im matten Licht der Badbeleuchtung kaum auffiel. Ein graues, von Längsrissen durchzogenes Stück, zu schmal für ihre Hände. Es war trocken, und als sie es unter den Strahl hielt, perlte das Wasser daran ab. Sie wusch sich das Gesicht, zum ersten Mal in ihrem Leben nahm sie Seife dazu, immer wieder rieb sie sich mit dem kleinen, harten Stück über die Wangen, die Augen, den Mund, und es schäumte nicht einmal. Alles, was sie spürte, war ein glatter, schmieriger Film, der sich auf ihre Haut legte und mit Wasser kaum abzuwaschen war.

Sie warf das Handtuch über das Heizungsrohr und drehte die Hitze ab, so gut es ging. Zurück im Zimmer schlüpfte sie aus den Schuhen und stellte sie zu Tasche, Koffer und dem zusammengerollten Banner, eine kleine, stille Gruppe, ihre Habe. Sie stand davor und sah sie an, wie man an einem Grabstein steht. Dann legte sie den blassen, grünen Umschlag unter die Lampe des Nachttischchens und warf sich aufs Bett.

Was war es, was sie hier tat? Was suchte sie, was wollte sie sich beweisen? Sie hörte die Geräusche ihres Körpers, sein Gurgeln, Atmen und Pochen, sie nahm den bitteren Geruch der Seife wahr, aber sie wollte nicht glauben, daß es all das wirklich gab, daß sie in diesem Bett lag, auf einem fremden, rauhen Laken, das sie sich nicht erklären konnte, sooft sie auch mit der Hand darüber strich. Es brachte ihr ja nichts wieder, sie kannte diese Menschen nicht und sie verstand nichts von dem, was sie hier taten. Wenn sie die Augen schloß, sah sie wilde, fleckige Landschaften aus längst erloschenem Licht, das sich zu grobkörnigen Formen sammelte, ohne daß zu erkennen war, was sie bedeuten wollten.

Sie unternahm einen schwachen, halbherzigen Versuch, sich zu befriedigen, wie auf der Suche nach einem vertrauten Ort, bis sie von sich abließ und einschlief, als liege in diesem Einschlafen das größere Glück. Das größte, das sie sich in diesem Moment zufügen konnte.

ALS SIE DIE AUGEN wieder öffnete, war es hell, zudem brannte noch immer das Deckenlicht. Sie hatte nicht einmal ihren Pullover ausgezogen. Sie setzte sich auf und stützte das Kinn in die Hände. Gegenüber an der Wand hing eine weitere kleine Fotografie, von einem breiten, hellblauen Rahmen eingefaßt. Hella stand auf und lief barfuß hinüber. Der Boden war nun kalt, sie nahm das Bild von der Wand und schlüpfte zurück unter die Decke. Das Foto zeigte drei Männer mit ihren Helmen unter dem Arm. Der Fotograf mußte gekniet haben, sein Blick ging hinauf zu den dreien, hinter denen eine Startrampe in den strahlenden Himmel ragte. Die Männer lachten, dabei schnürten ihre Anzüge sie von allen Seiten ein, auch im Schritt. Der Stoff warf dort, wo die metallenen Anschlußbuchsen für die Versorgungsleitungen offen standen, glatte, glänzende Falten. Auch die Halsausschnitte ihrer Anzüge hatten einen kreisrunden Rand aus Metall, auf den sich wohl die Helme setzen lassen würden. Ihre Köpfe ragten aus den Raumanzügen hervor wie aus Cremetuben. Es waren stolze Männer, alle drei. Auch Hella hätte stolz sein sollen.

Längst war es Mittag geworden, sie schob die Vorhänge zur Seite und sah einzelne, tiefhängende Wolken. An einigen Stellen stachen Sonnenstrahlen herab, die Luft war trüb wie von einem feinen, in der ganzen Atmosphäre verteilten Staub. Das Fenster hatte abgerundete Ecken und war breiter als hoch, so daß die Helligkeit weich wirkte, ein Renaissancelicht, voller Hoffnung. Die Rundungen des Fensters hatten wohl einmal futuristisch wirken sollen, für Hella sah es aus wie der Blick aus den Bullaugen eines U-Boots, es ließ ihr Zimmer unterseeisch durch die Station schwimmen. Vor dem Fenster stand ein schmaler, karger Baum, der winzige Früchte trug, eine Zypresse, wenn Zypressen an diesem Ort zu erwarten gewesen wären.

Das Gelände war überzogen mit weißen, grauen und braunen Gebäuden, richtungslos verteilt, wie eine Herde müder Schafe, die zwischen den doppelten Laternenreihen der Fahrwege grasten. Hier und da ragten rote Stahlgerüsttürme aus Betonfundamenten auf, neben denen ein einzelner Mensch so verloren wirken mußte wie am Fuß eines Mammutbaums. Sie verjüngten sich nach oben hin nur leicht, ihre Spitzen waren kaum auszumachen, vielleicht trugen sie Antennen oder Wetterinstrumente, Relaisstationen, Markierungslichter, sie mochten Daten sammeln, Botschaften senden, verstärken, empfangen, oder einfach nur dastehen, als Zeichen ihrer selbst. Bei jedem von ihnen liefen zwischen den vier aufrechten, grob vernieteten Stützen der Kantseiten schmalere Streben im Zickzack hin und her, wie erste, schiefe, kaum zu bewältigende Stufen einer Himmelsleiter.

Sie fühlte sich aufgehoben hier, ohne einen Grund dafür benennen zu können. Sie war sicher, niemals zuvor in ihrem Leben hiergewesen zu sein, und doch war sie seltsam vertraut mit dem Ort, als gäbe es eine Verbindung, die vor ihrer Erinnerung lag. Nach dem Krieg war ihre Großmutter als junges Mädchen aus dem Osten ins Leinetal geflohen, eine Tatsache, von der nur selten auf runden Geburtstagen gesprochen worden war. Immer hatte Hella geglaubt, Vertriebene nur aus dem Fernsehen zu kennen, wo sie auf ihren Jahrestreffen alte Tänze vorführten, mit buntgeschmückten Wollmützen und roten, schweißbedeckten Gesichtern. Dann hatte sie mit der Abschlußklasse eine Fahrt nach Litauen gemacht, und auf einmal waren ihr im Mündungsgebiet der Memel beim Besuch einer Dorfkirche auf dem Friedhof zwischen all den Grabsteinen mit ihren deutschen Namen die Tränen gekommen. Sie war ja selbst vertrieben, oder zumindest war es ihr dort für Momente so erschienen, der Friedhof lag nur wenige Meter über dem breiten, schwarzen Fluß, an dessen anderem Ufer Birken standen, und auf einmal hatte sie etwas wiedererkannt, woran sie in Wahrheit keine Erinnerung haben konnte.

So war es jetzt wieder, ein verschwommenes Gefühl von Zugehörigkeit, das man kaum Heimat nennen konnte. Schon weil die Vorfahren, die hier gelebt haben könnten, seit so langer Zeit tot sein mußten, daß kein Haus und kein Grabstein mehr Zeugnis von ihnen geben könnte.

Schweigend flog eine Möwe durch den Ausschnitt, den das Fenster zeigte, Tausende Kilometer vom nächsten Meer entfernt (und womöglich war es ja alles nichts als eine große Ebbe, und die ganze Steppe um sie herum ein riesiges, nur für Momente ausgetrocknetes Wattenmeer). Es schien unsäglich still zu sein dort draußen hinter der Scheibe, so still, wie es höchstens noch hier drinnen war, Hella hielt die Luft an und versuchte das Fenster zu öffnen, um die Stille hereinzulassen und ihre eigene hinaus, ein Druckausgleich, eine Begrüßung, aber der Fenstergriff ließ sich nicht bewegen.

Sie zog sich an und trat hinaus auf die Galerie, ein Sonnenstrahl traf sie, von hier aus waren die kurzen Schatten zu sehen, wie sie sich unter den Büschen verbargen. Die Stufen der Treppe waren alt. Inmitten verblühter Bohnenstauden wartete Adam.

Er streckte ihr die Hand entgegen und fragte, ob sie habe schlafen können. Wie eine Tote, sagte Hella. Adam sah sie an und lachte. Dann sei es an der Zeit, beim Essen ihre Wiedergeburt zu feiern.

Sie gingen am Rand der schweren, weißen Betonplatten entlang, die man in den sandigen Untergrund gesetzt hatte. So trocken der Boden auch war, überall neben den Fahrbahnen und zwischen den Gebäuden blühte es bunt, Hella war erstaunt über den Reichtum an Farben und Formen inmitten der trostlosen Steppe, durch die sie so lange gefahren war. Sie kamen an einer Parkbank vorbei, deren Fundament offen lag, freigelegt vom Wind oder von der Zeit. Der Weg führte über ein schmales Flußbett, das Hella an den ausgetrockneten Bachlauf erinnerte, dem sie bei ihrer Herfahrt gefolgt war, nur daß dieser Graben Wasser führte, wenn es auch nicht mehr als ein Rinnsal war. Einige Gänse waren im Begriff, die Senke in schnurgerader Reihe zu durchqueren, doch als sie merkten, daß sie beobachtet wurden, lösten sie die Ordnung auf und nahmen schnatternd Reißaus. Aus einer Zeder flatterte, als sie darunter entlangliefen, ein Papagei hervor, hellgrün und blaß schwang er sich in die Luft und wurde emporgehoben, bis er ihren Blicken entzogen war. Sie begegneten keinem Menschen auf ihrem Weg.

Den Speisesaal betraten sie wie ein Hochzeitspaar, dem sich alle Augen zuwandten. Die Zugangstür lag erhöht, ein paar Stufen hätten hinabgeführt zu den anderen, sie blieben im Eingang stehen. Es war Mittagszeit, der Saal voll besetzt, in langen Reihen saßen Männer und Frauen in Kitteln, Jacken, Anzügen, Schürzen aller Brauntöne, und an jeder der weiten Tafeln hatte sich die vordere Sitzreihe zu ihnen umgedreht, manche schauten einfach über die Schulter, andere hielten sich regelrecht an den Lehnen ihrer Stühle fest, während man hinten nur im Essen innehielt, das Besteck in den bewegungslosen Händen, und zu ihnen aufblickte. Sicherlich hatten sie von Hellas Ankunft gehört, aber daß man sie so wortlos erkannte, nahm ihr den Atem. Niemand sprach, niemand erkundigte sich im Flüsterton bei seinem Nachbarn, was hier vorgehe. Hella hätte es gern getan. Und wenn sie etwas sagen sollte? Wenn es an ihr wäre, einen Gruß zu entrichten? Dann war es Adam, der die Arme ausbreitete, schweigend, in einer freundlichen, unbeholfenen Geste, die wie eine Einladung wirkte, ohne daß deutlich wurde, wem sie galt.

Während sie die Stufen hinabschritten, fand der Saal zum Leben zurück. Man wandte sich wieder seinem Nachbarn zu oder dem Essen, Rufe flogen durch den Raum, einer schlug seinem Nebenmann auf die Schulter. Sie setzten sich ans Kopfende eines Tisches, eine dicke Frau stellte ihnen eine kleine Schüssel mit Salat hin. Hella hörte den Chor der Stimmen wie vereinzelt, wie eine Überlagerung deutlich geschiedener Teile, die ineinander griffen, sich umspielten, ergänzten, gegenseitig aufschaukelten, um für Momente gemeinsam zu ersterben. Dann wieder drang von der rückseitigen Wand ein Lachen zu ihr herüber und fand sich mit dem Kichern einer Gruppe in ihrem Rücken zusammen, das in schnellem Hin und Her mit kleinen Rufen aus allen Richtungen lauter zu werden schien. Ihre Gabel hatte nur noch drei Zinken, der Salat bestand aus dicken Scheiben sauer eingelegter Gurken. Hella nahm es alles hin.

Nach dem Essen führte Adam sie herum, sie sah die Gesichter von nahem, die vielen runden und die schmaleren, die älteren und einige junge, und wußte bei jeder der freundlichen, kurzen Begegnungen, daß all das zusammengenommen zuviel sein würde, so erfreut jeder einzelne von ihnen sie auch ansah. Im Gedächtnis blieb ihr nur die breitgesichtige Köchin, der Wellensittich, der neben dem Eingang in einem Käfig hockte, und eine kleine Frau mit leuchtenden Augen, die im Rollstuhl saß und etwas Deutsch sprach, sie hatte sich nicht einmal den Namen merken können (Gospodina?), da war nichts als die Erinnerung, daß sie mit beiden Händen Hellas Hand genommen und kaum mehr losgelassen hatte.

Nachher, am Eingang zu dem Gebäude, in dem sie nun bis zu ihrem Start wohnen sollte, verabschiedete sich Adam mit der Bitte, sie möge sich jederzeit an ihn wenden, wenn ihr danach sei. In ihrem Zimmer schloß sie die Tür des leeren Kühlschranks und fand eine Steckdose für den Stecker. Das Gerät erzitterte und startete mit einem lauten Brummen die Kühlung. Hella legte sich aufs Bett und öffnete den Briefumschlag des Herrn Pador. Er enthielt ein einzelnes gefaltetes Blatt Papier, das im gleichen vergilbten Grün gefärbt war wie der Umschlag selbst. Es war eine maschinengeschriebene Liste mit dem Ablauf jedes Tages der nächsten Woche, ohne Anrede oder Unterschrift. Sie drehte sich auf die Seite und begann zu lesen, und je weiter sie las, desto klarer stand ihr dieser Pador vor Augen, als hagerer Mann in seinen ausklingenden besten Jahren, der nie viel gesprochen, aber um so mehr gelesen hatte, sein Deutsch war elegant und wahrscheinlich an ledergebundenen Erstausgaben von Marx und Engels geschult. Der Plan teilte jeden Tag penibel ein, täglich eröffnete er um fünf Uhr mit »Erwachen«, es folgten »Reinigung« und eine halbe Stunde »Übungen«, unter denen sich Hella nichts Greifbares vorstellen konnte. Sie nahm sich vor, ihr altes Rückentraining wieder aufzunehmen, ohne zu wissen, ob das im Sinne der Planung wäre. Auf ein »Morgenmahl« folgte das eigentliche Programm, und auch wenn es täglich wechselte, so konnte sie sich doch offensichtlich darauf verlassen, daß im Ablauf keine unvorhergesehene Lücke bliebe, noch die kürzeste Pause bekam einen eigenen Eintrag, der mal »Unterbrechung« hieß, mal »Ausspannen« und manchmal sogar »Sammlung«.

In der Schublade des Nachttischchens fand sie einen Bleistift. Kurz, grau, die Mine mit dem Messer geschärft, das hintere Ende gezeichnet von den Spuren zahlloser Zähne. Sie nahm den Stift und ergänzte den Tagesplan um einen letzten Punkt, wobei sie die kleine, harte Type von Padors Schreibmaschine zu kopieren versuchte: »Überleben«.

Dann legte sie sich zum Schlafen, aber als das nicht gleich gelang, machte sie noch einmal Licht, griff erneut nach dem Bleistift und strich, was sie geschrieben hatte, so lange wieder durch, bis es unlesbar geworden war.

FÜNF UHR, das war eine Zeit für Milchbauern und Nonnen. Da sollten Bäckergesellen wach sein, Vogelkundler, Schließdienste auf einer ihrer Runden. Immer waren es die anderen gewesen, die mit dieser Zeit verbunden waren, sie selbst kannte sie höchstens von früher, von Nächten, bei denen sie bis zuletzt geblieben war, dann stand man um diese Uhrzeit mit irgend jemandem auf der Straße und lachte noch oder lachte schon nicht mehr. Es war ihr nicht einmal unvorstellbar gewesen, so früh aufzustehen, sie hatte es einfach nie versucht. Es lag etwas Altes in diesem Teil des Tages, in früheren Zeiten mochte man zu solch einer Stunde sein Tagwerk begonnen haben. Es roch nach vergangenen, längst verscharrten Generationen.

Hella war immer eine Langschläferin gewesen, und selbst Tobi hatte sie bald nach der Geburt bis zum späten Morgen in Ruhe gelassen. Neidvoll hatten ihr die Freundinnen zugehört, wenn sie erzählte, daß er neben ihr liegen blieb, um sich selbst in immergleichen, aus wenigen Lauten bestehenden Geschichten sein Leben zu erzählen.

Nein, das war gewiß nicht ihre Zeit. Sie nahm es als Spiel und stellte sich Tag für Tag den Wecker. Wenn es klingelte, setzte sie sich noch im ersten Schrecken auf, um nicht gleich wieder zurück in den Schlaf zu fallen. Sie warf die Beine über den Bettrand und saß einfach für eine Weile so da, in die Decke gewickelt, mit den Füßen bereits im Tag, mit dem Körper noch auf der Kante zur Nacht, den Kopf in die Hände gestützt, leer bis auf einige rasch versickernde Traumpfützen. Dann gab sie sich einen Ruck, schüttelte die Decke ab und stand mit einem kleinen Klagelaut auf.

An Adams Seite erlebte sie die Station. Oder nicht an der Seite, eher in seinem Gefolge – wo immer sie gemeinsam unterwegs waren, ging er drei Schritte vor ihr her. Sie spürte, wie aufgeregt er war, er hatte einen Auftrag und wollte es ihr recht machen.

Es arbeiteten nicht viele Menschen auf der Station. Früher, als hier Interkontinentalraketen entwickelt wurden, zu den Zeiten, von denen Adam ihr mit leuchtenden Augen erzählte, mußten es Tausende gewesen sein, aber schließlich hatte man die Anstrengungen reduziert, bevor mit allem anderen auch das Weltraumprogramm in sich zusammengebrochen war. Man hatte entschieden, die Anlage nicht abzureißen, sondern in ihrem Zustand zu bewahren. Es waren gewisse strategische Vorteile angeführt worden, aber wahrscheinlich konnte sich nur niemand zu der Vorstellung durchringen, daß der ganze Aufwand vergeblich gewesen sein sollte. Also waren schließlich, so erklärte ihr Adam, noch ein paar Dutzend Angestellte auf dem Gelände geblieben, um alles in Schuß zu halten, wie die Bediensteten eines Herrenhauses weiter für Gärten und Anlage sorgten, wenn das Anwesen nach dem Tod ihres Herren dem Staat zufiel.

Nun, da der Betrieb wieder aufgenommen war, hatte man einige der Ehemaligen zurückgeholt. Morgens, wenn sich die größte Betriebsamkeit entwickelte, mochte man glauben, als Zeitreisender in der Ära der großen Herausforderungen gelandet zu sein, so rege kreuzten die Transporter, Fahrräder und Lastwagen auf den Wegen. Aber die meisten der Angestellten kamen nur tagsüber auf die Station, bereits an den Nachmittagen begann sich das Gelände wieder zu leeren.

Es waren ganz unterschiedliche Menschen, die Hella nach und nach in ihren Dienstzimmern, Werkstätten und Büros besuchte. Doktor Nyam etwa, ein hochaufgeschossener, ruheloser Wissenschaftler aus Ulan Bator, der inmitten rosafarbener Mappen an seinem Tisch saß, die langen Beine umeinander geschlungen, und kaum, daß sie sein Zimmer betreten hatte, mit nasaler Stimme auf sie einzureden begann. Adam übersetzte, so gut es ging, daß Nyam ein Steuerungsmodul für den Wiedereintritt in die Atmosphäre betreue, doch Hella blieb unklar, ob der Bau dieses Elements bereits geglückt war oder ob er es für kommende Missionen erst noch entwickelte.

Einen Spätnachmittag verbrachte sie in der Leitstelle der Hochseeflotte, die die Landekapsel nach dem Wassern orten und aufspüren sollte, wie Hella bei dieser Gelegenheit erfuhr. Mit leiser Stimme führte Adam sie durch die Räume, an jeder Tür klopfte er an, ohne eine Antwort zu bekommen, und trat dann ein. In den Stuben waren die Tische übersät mit Papier, mit handschriftlichen Positionsbestimmungen, Seekarten und Vorhersagen eines Wetterdienstes, die längst eingetreten sein mochten oder nicht. Sie kam sich vor wie die Zeugin einer entscheidenden Zeit. Vergangene Erregung lag in den Räumen, eine Hitze, deren größter Teil wohl längst durch die breiten Spalten der Fensterrahmen entwichen war, deren Reste aber noch in der bewegungslos gestauten Luft hingen, als seien die Plätze nur für einen Moment verlassen, für eine kurze Versammlung im Saal eines Kellers, für ein Gebet im Freien oder für einen Feueralarm. Je weiter sie durch die Stockwerke drangen, desto offensichtlicher wurde, daß sie niemanden mehr antreffen würden, und auch wenn Adam unablässig auf sie einredete und ihr von den Dingen erzählte, die hier berechnet und vermittelt wurden, von allem, was nötig war, um die Kosmonauten in einer Kapsel, die kaum größer war als sie selbst, irgendwo in den Weiten eines Ozeans aufzuspüren und zu bergen (in erster Linie wohl Geduld, Ruhe, Hoffnung), so wurde ihr im Schatten der engen Flure kühl, und sie war froh, als sie wieder hinaustraten ins Freie.

Kaum waren sie an der Luft und hatten einige Male schweigend eingeatmet, lief Adam auf einmal los, und Hella setzte schon an, ihm zu folgen. Aber er hatte nur jemanden entdeckt, auf den er nun mit offenen Armen zustürmte. Er blieb bei einem Mann stehen, von dem Hella nicht hätte sagen können, ob sie ihm bereits begegnet war. Aber die Begeisterung, mit der Adam auf ihn einredete, verriet, daß die beiden einander längere Zeit nicht gesehen hatten. Dies sei, wie Adam ihr beim Näherkommen erklärte, Jakov Pador, der Stellvertreter, zurück aus dem Ausland. Sie gaben einander die Hand, und Pador formulierte eine lange, förmliche Begrüßung auf Russisch, die er an Adam richtete und für die dieser in den Pausen (ihr zugewandt) nach Worten suchte, während Hella wiederum Pador ansah, erstaunt über den Reichtum seiner Liebenswürdigkeiten, auch wenn es ihr nicht gelang, sich in den Komplimenten wiederzuerkennen. Sie betrachtete, da er so unverwandt Adam ansah, sein kleines, spitzes Gesicht mit den Falten, das dünne, zur Seite gekämmte Haar, die weißen Augenbrauen. Rechts und links fehlten ihm die beiden oberen Eckzähne, wenn er lachte, beugte er sich vor, und erst als er mit einer langsamen Bewegung die Arme ausbreitete, merkte Hella, daß sie ihm längst nicht mehr zuhörte. Die Geste markierte das Ende seiner kleinen Ansprache, und Adam übersetzte eben die letzten Worte: »Seien Sie also willkommen in unserem Raumfahrtparadies.« Sie schenkte Pador ein beschämtes Lächeln und suchte gerade nach den richtigen Formeln, ihm ihren Dank auszusprechen, als er sich zu ihr beugte und sie fragte, nun auf Deutsch und in vertraulichem Ton, was »um Himmels willen« sie denn ausgerechnet zum Mond treibe. Da wollte sie schlagfertig sein und fragte, was ihn denn ausgerechnet hier unten festhalte, worauf er lange und laut zu lachen begann.

Jedesmal, wenn sie Pador nun begegnete, spielte er an auf dieses erste Gespräch. Manchmal kam er gleich herübergelaufen, wenn er sie auf einem der Sandwege entdeckte, mit seinen hochgezogenen braunen Hosen, dem kurzärmeligen Hemd und der breiten Krawatte, und gestand, nun zu wissen, warum er am Boden bleibe: die Arbeit, die ihre Anwesenheit ihm bereite; der Zustand seines allmählich verfallenden Körpers, der keinem Kontrollzentrum der Welt mehr zuzumuten sei; ein strahlend weiß blühender Busch hinter der Küche, in dem sich die Gänse versteckten. Manchmal standen sie in einer Gruppe zusammen, und die anderen scherzten über das, was mit der Station weiter geschehen mochte. Wenn Pador lachte, gruben sich die Falten neben seinem Mund noch tiefer ein, und er wehrte den, der ihn zum Lachen gebracht hatte, mit einer Hand ab. Wenn sie mittags im Speisesaal nebeneinander saßen, entwickelte er ihr seine Pläne für die Station. Er träumte davon, die Zahl der Starts zu erhöhen, um immer weitere Fuhren Mensch und Material auf Reisen durch den Weltraum zu bringen, bis diese endlich selbstverständlich geworden wären. Ans Ende solcher Ausführungen hängte er nach einer kleinen Pause gewöhnlich die Feststellung, auch das seien doch gute Gründe, selbst nicht das Weite zu suchen. Er sei der Fluchthelfer, die blieben vor Ort. Außerdem sei noch gar nicht erwiesen (hier schob er sich gewöhnlich die Haare in die Stirn, so daß sie aufwärts standen wie bei einem Kiebitz), ob das Streben nach den Sternen wirklich gottgefällig sei. Dann kam schon die Suppe, und Pador stand auf, um sein Gebet zu sprechen, immer war der Tisch, an dem er saß, der einzige, an dem gebetet wurde, er stieß die Silben leise und abgehackt hervor, als verursachte es ihm Schmerzen, und kratzte dabei unablässig mit dem Daumen über seine gefalteten Hände. Erst sein »Amen!« brachte ihn zurück, lachend öffnete er die Augen und griff nach einer Scheibe Brot, die er gleich in der Luft schmierte, um zwischendurch schon abbeißen zu können, erst vom nackten Brot, ein weiteres Mal, wenn es mit Butter beschmiert war, am Ende legte er so viel Wurst und Käse auf das restliche Stück, daß es für die ganze Scheibe gereicht hätte und verschlang es alles mit einem einzigen Bissen. Dann wieder konnte es ein gelungener Nachtisch sein, den die dicke Maya Ivanova, Herrin der Küche, ihnen an den Tisch brachte, worauf Pador nach dem ersten Löffel der Köchin quer durch den Saal hinterher rief, dieses Dessert sei ein Segen, nein, es sei geradezu ein Argument gegen die bemannte Raumfahrt.

Nur am Ende ihrer Treffen, wenn er galant sein wollte, sagte er, wobei er ihr die Jacke über die Schultern legte, das einzige, was ihn dazu bringen könnte, in einem startenden Raumschiff auszuharren, sei die Aussicht, sie auf ihrem Flug zu begleiten. Wenn Adam das mitbekam, verdrehte er nur die Augen.

Ihre friedlichsten Stunden erlebte Hella während des Essens. Sie saß unter der Kuppel ineinanderlaufender Gespräche, von denen sie kaum etwas verstand, in denen sie sich aber aufgehoben fühlte wie ein Kind, das zwischen den Gesprächen der Erwachsenen auf einem Schoß dahindämmert. Und während die anderen einander erregt ins Wort fielen oder sogar gleichzeitig aufeinander einsprachen, während vorn der Wellensittich schreiend in seinem Käfig hockte und während Maya Ivanova leere

Schüsseln abräumte und volle brachte, saß Hella in ihrer Stille und aß.

Die Gerichte waren einfach, es gab Hammelfleisch mit Kartoffeln, in Fett ausgebackene Teigkugeln, geröstete Maiskörner, Fadennudeln in einer Hirsesuppe, mit Butter zerstoßenes Getreide, Kanincheninnereien, armlange Röhrennudeln mit einer Füllung aus Hackfleisch und Kohl, Mohnkuchen, Sauerteigpiroggen, gestifteten Rettich, überbackene Spinatpfannkuchen, manchmal eine Wachtel, die sich in den Netzen hinter der Wetterstation verfangen hatte, halbmondförmige Teigtaschen aus Mehlteig, in dem sich ein warmer Brei aus Leber und Erbsen verbarg, gedörrte Melone, Mohrrübenauflauf mit Rosinen, Pilzomeletts mit Schafskäse, die Hella besonders gern aß, Schaschlik, Plow, selten Stör, oft Bohnen, und immer standen dunkelrote oder -grüne Saucen bereit, die scharf waren, und Wurst und Zwiebelringe und Fladenbrot mit Sesamkörnern. Zur Küche gehörte eine eigene Kuh, deren Milch von Maya Ivanova gedämpft, vergoren, geseiht, eingesäuert oder zu Kügelchen getrocknet als Dessert gereicht wurde. Zum Essen gab es süßen Tee, den man sich vorne am Tresen aus einem gewaltigen Kessel selbst aufgoß. Petra und Susa, die beiden Küchengehilfinnen in ihren hellbraunen Kitteln, waren unablässig damit zugange, ihn aus alten elektrischen Wasserkochern aufzufüllen. Am Ende jeder Mahlzeit wurden Schüsseln mit trockenen Keksen gereicht.

Manchmal ergab es sich, daß sie und Adam einen Spaziergang unternahmen. An einem späten Nachmittag liefen sie auf dem Sandweg, der hinter den Masten der Funkstation hinüberführte, zum ehemaligen Kasino, wieder kreuzte eine Schar Gänse ihren Weg, und sie fragte ihn nach Pador. Als Adam schwieg, wiederholte sie ihre Frage, und er fuhr sie an, was sie von Pador wolle. Nichts, er sei einfach seltsam und tue ihr leid. Adam riß einige Halme aus und zerrieb sie zwischen den Handflächen. Pador müsse ihr nicht leid tun, es sei alles in Ordnung mit ihm. Hella fragte, was er von ihm wisse.

Adam trat zur Seite, sie mußten Maya Ivanova ausweichen, die ihnen entgegenkam, an einer kurzen Leine zog sie ihre Kuh hinter sich her, beide stampften mit ruhigen, wiegenden Schritten durch den Sand. Die Familie stamme aus Estland, fuhr Adam fort, religiöse Menschen, die dort eine Gemeinde gegründet hätten und dann noch eine und immer weitere. Das habe den Ärger der Behörden geweckt, am Ende mußten sie in die Verbannung.

»Hierher?«

»Ja, hierher. Und sie waren nicht die einzigen.«

»Und dann?«

Nichts, sagte Adam, die Eltern seien früh gestorben, der Sohn wuchs bei einer Wäscherin auf, die keine Zeit für ihn hatte, immer sei es die Religion gewesen, die ihn hielt. Pador habe ihm das alles einmal erzählt, und hinzugefügt, er wisse selbst nicht, ob Gott mehr sei als die einzige Erinnerung an seine Eltern.

Hella fragte, warum so viele auf der Station von anderswoher kamen. Adam zuckte mit den Schultern. Es hätten nicht viele hier gelebt, früher. Auf der Station erzähle man sich, daß sie nicht geeignet gewesen seien für diese Arbeit. Ein Reitervolk, es hieß, sie hätten ihre Pferde geritten, bis sie ihnen unter dem Sattel wegstarben. Sie sorgten nicht für ihre Dinge, wie man hier für seine Dinge sorgen müsse.

Was denn vorher hier gewesen sei?

Adam zuckte mit den Schultern. Anfangs nichts als

eine Siedlung in der Steppe, ein Aul wie andere auch, Tagesreisen vom nächsten entfernt. Es habe wohl immer schon die vier Quellen gegeben, viel mehr brauchte man nicht. Adam lief ein wenig vor ihr her und erzählte ohne aufzuschauen, er sah auf den Sandweg vor sich und hielt die Hände in den Taschen seiner Jacke, während sie versuchte, mit ihm Schritt zu halten. Dann habe man ein Lager errichtet, es war abgelegen genug. Die Frauen hätten es gebaut, zu Anfang nur ein paar Hütten, mit den Jahren habe es sich immer weiter ausgebreitet. Es trug den Namen »Gefangenenlager für die Ehefrauen der Verräter an der Heimat«. Als es aufgelöst wurde, standen die Gebäude leer. Erst als einige Jahre später ein Ort gesucht wurde, um mit dem Raumfahrtprogramm zu beginnen, sei man wieder darauf gestoßen. Es war ja alles vorhanden, was man brauchte, um viele Menschen unterzubringen. Und es gab Platz zum weiteren Ausbau.

Schweigend liefen sie durch den Sand, und Hella überlegte, wie Adam selbst wohl hierher gekommen sein mochte. Bei jedem, den sie hier traf, stellte sie sich diese Frage, vielleicht, dachte sie, lernte man diese Menschen erst kennen, wenn man erfuhr, was sie hergebracht hatte. Aber bei Adam war ihr der Gedanken noch nicht gekommen.

Als sie ihn fragte, wies er statt einer Antwort nach vorn, wo sich hinter einer Reihe niedriger Bäume das Kasino zeigte. Sie liefen außen herum zum Eingang, und Hella hielt die Augen dicht an das getönte Glas der geschwungenen Türen, um einen Blick ins Innere zu werfen.

Das Gebäude war leer. Adam deutete auf ein verblaßtes Schild am Eingang und erklärte, es sei seit Jahren geschlossen, aber er hatte die Schlüssel und sperrte auf. Die wuchtigen Chromkugeln der Deckenbeleuchtung blieben dunkel, bis auf einzelne Reste des Mobiliars war der große Saal verwaist, doch es gab einen Tauchsieder, und in den Schubladen der geschwungenen Theke fand sich Kaffeepulver. Sie setzten sich mit zwei hellblauen Tassen an ein Glastischchen im Licht des Panoramafensters. Hella nahm eine Kerze vom Nachbartisch und zündete sie an.

Während sie in kleinen Schlucken ihren Kaffee trank, erzählte Adam von sich. Er habe immer zwei Träume gehabt: die Strömungslehre und Cornwall, die auf seltsame Weise miteinander verbunden seien. Sein Onkel war Generaldirektor eines oberschlesischen Süßwarenbetriebes, von einer Handelsreise nach Plymouth brachte er ihm ein ferngesteuertes Spielzeugboot mit, Adam erzählte vom Dorfweiher, wo er es schwimmen ließ, von den Blicken der anderen Kinder, von den Wellen und Wirbeln auf der Oberfläche des Teiches. Wie er dann aus der Erinnerung diese Muster mit Kugelschreiber auf weißen Karton übertrug, wofür ihn seine alte, verwachsene Kunstlehrerin vor versammelter Klasse für die Freiheit seines Ausdrucks lobte, ein Mißverständnis.

Hella schaute ins Licht der Kerze, während Adam weitersprach, von den Schiffchen der anderen, aus leeren Flaschen, Korken und Strohhalmen zusammengebastelt, die der Wind am Ufer zusammentrieb; im Physikunterricht der Schreck, daß es alles nicht vorhersagbar sein sollte, nachts liefen, wenn er die Augen schloß, Strudel aus leuchtenden Farben ineinander. Er schrieb sich an der Universität Plymouth in *Fluid Mechanics* ein. Nach den Kursen fuhren sie mit den Rädern hinunter ins Barbican, wo ein altes Schiff des Instituts vor Anker lag. Sie segelten für ein paar Stunden hinaus oder lagen im Hafenbecken des River Plym an Deck und versuchten die Geheimnisse des

Möwenflugs zu ergründen. Nach dem Studium hatte er ein paar Jahre Helikopterflügel konstruiert, bis er hierher gekommen und geblieben war.

Also habe sich sein Traum erfüllt?

Er nickte und trank aus, mit dem Löffel kratzte er Zuckerkrümel vom Boden der Tasse. Auf der Wiese vor dem Fenster öffnete sich ein Halbkreis niedriger Bäume wie eine erstarrte Blumenrabatte. Sie umstanden die Überreste eines kleinen Schwimmbeckens, dessen Wasser längst abgelassen war, statt dessen türmten sich am Grund des Beckens Stapel alter Stühle, überall an den Rändern blätterte in hellem Türkis die Farbe ab. Am Rand führte noch immer eine Leiter hinunter auf den Boden.

Er fragte, was ihr Traum gewesen sei. Sie schwieg und blieb still, sie schaute vor sich hin, und selbst das, was ihr vor Augen stand (die Glasplatte des Tischchens) schien weit entfernt. Sie schaute nicht durch das Glas hinunter in die Tiefe, auf das trüb aufscheinende Dielenmuster des Bodens oder noch weiter, wo der Blick verschwamm, sie nahm das Glas so starr ins Visier, als suchte sie an dieser glatten, spiegelnden Platte selbst, am daraufstehenden Aschenbecher aus dunklem, grünem Kristall und noch darin an dem einzelnen kohlschwarzen, vom Brennen aufgekrümmten Streichholz einen Halt. Sie wartete, obwohl es nichts zu warten gab, die Lippen aufeinandergepreßt, ihr war nicht zu helfen, und jede Bewegung mußte die Dinge nur noch weiter in eine ohnehin tiefe Unordnung stürzen. Man hätte über seinen Schatten springen müssen, einer von ihnen, aber wie sollte man springen, wenn sich der Schatten in der Dunkelheit niemals zu erkennen gab?

DIE NACHRICHT hatte sie in der Badewanne erreicht. An einem frühen, sauberen Abend. Als es klingelte, hatte sie überlegt, ob es gefährlich sein könnte, in der Badewanne zu telefonieren. Sie war aus dem Wasser gestiegen und hatte, ins Handtuch gewickelt, beim vierten, fünften Klingeln abgenommen.

Es war Alice, Tobis Freundin. Warte, rief Hella, weil das Handtuch schon rutschte, griff nach dem Apparat, raffte mit der Hand, die den Hörer hielt, den Stoff, und stolperte über Frottee und Kabelwindungen zurück ins Bad. Sie meinte, in der Ferne ein Kind weinen zu hören.

Als sie wieder ins dunkelgrüne Wasser gestiegen war, ein Erkältungsbad, dessen Schaum nur noch an den Rändern hielt, so daß es aussah wie dampfende Götterspeise, und den Hörer wieder ans Ohr nahm, um »Also?« zu sagen, da war es Alice, die weinte.

Sie kannte sie erst seit kurzem, zunächst aus Erzählungen. Das erste, was sie von ihr selbst gesehen hatte, war der Abdruck ihrer Hand auf Tobis Banner gewesen, dann hatte er Alice auch ein paar Mal mitgebracht. Anfangs hatte sie nicht einschätzen können, wer das war, dieses stille Mädchen mit der großen Nase und den langen, immer etwas ungewaschenen Haaren, das die Augen, wenn es sich beobachtet fühlte, schmal machte, wie Raucher zum Schutz vor einer aufsteigenden Schwade. Aber sie hatte ihr das Gefühl geben wollen, willkommen bei ihnen zu sein, auch wenn es ihr womöglich ebenso schlecht geglückt war wie früher ihrer eigenen Mutter bei den Besuchen ihrer Freunde.

»Es ist was passiert«, hatte Alice hervorgebracht, und Hella war mitten in ihrem dampfend heißen Badewasser kalt geworden. Sie hatte zugesehen, wie sich die Poren ihrer Oberarme zu kleinen Kuppen aufstellten, die dort, wo der Arm ins Wasser ragte, weiß waren und sich mit zunehmender Tiefe grüner färbten, zu einem dunklen, fremden Muster, der Haut eines Tieres. Es war eine Kälte, die ihr nicht zu sprechen erlaubte. Während die Stimmen in ihrem Kopf einander zu übertönen versuchten, die beschwichtigende Aufforderung, erst einmal in aller Ruhe zuzuhören, und von der anderen Seite der Triumph aller Sorgen, das bellende ›Es ist passiert, es ist passiert‹, wußte Hella mit Sicherheit nur, daß sie fror.

Alice hatte ihr alles erzählt, von der Blockade, die sie am späten Nachmittag vor der Stadthalle machen wollten, im Feierabendverkehr, wie sie mit Fackeln und Fahnen auf die Straße gezogen seien, erst vorsichtig, bis sie merkten, daß die Fahrer tatsächlich bremsten. Ihr Erstaunen, wie ruhig die meisten in den Autos sitzen blieben, die Knöpfe der Türverriegelungen hinunterdrückten und abwarteten. Ihr noch größeres Erstaunen, als endlich doch einer herausstürzte und zu brüllen begann. Er habe ihr das Schild aus der Hand gerissen, es auf den Boden geworfen und darauf herumgetreten, bis Tobi ihn darauf aufmerksam machte, daß es davon nicht kaputtgehe, und wahrscheinlich hätte er sich als nächstes ihn vorgenommen, aber da hätten sie die Sirenen gehört, und plötzlich seien überall Polizisten gewesen. Sie kamen durch die Fußgängerzone, mehrere Kleinbusse voll, und Hella konnte sich vorstellen, wie es aussah, als sie sich auf dem Bürgersteig aufstellten, die schrille Megaphonansage, der niemand Folge leistete, und dann die wenig zimperliche Behandlung. »Tobi und ich hatten uns untergehakt«, sagte Alice, »und dann die eigenen Handgelenke umklammert, ich hab gelesen, daß man das nicht auseinander kriegt. Aber die haben ihre Stöcke rausgeholt, und dann war es doch ziemlich leicht.« Das schlimmste, sagte Alice, seien die Autofahrer gewesen, die einfach zusahen und einer nach dem anderen den Motor wieder anließen.

Hella saß in der Badewanne, zusammengekauert, mit beiden Händen hielt sie sich den Hörer ans Ohr und verstand nicht, warum Alice nicht endlich erzählte, was passiert war. Auf der anderen Seite war sie unendlich dankbar für jeden Moment der Geschichte, der ihren Jungen noch so klein zeigte, wie er in Wirklichkeit war, während irgendwo in ihrem Inneren Tobi mit rasender Geschwindigkeit zu altern begann. Hella hockte da, die Knie ans Kinn gepreßt und hielt sich an das, was sie hatte, die Knie, den Hörer, diese Geschichte, die um alles in der Welt nicht aufhören sollte.

Sie hätten sie ans hintere Ende des Platzes getragen, zu dem Kreis aus Sitzbänken, um den herum schon dicht an dicht andere Polizisten standen, und dort hineingeworfen, zu den anderen. Sie habe irgend jemanden gefragt, was jetzt passiere, und der habe nur gelacht, alle in die Busse und dann erst mal Identität feststellen. Nicht schlimm, aber nervig, Speichel und alles. Und als sie sich wieder hingesetzt hätten, habe Tobi ihr zugeflüstert, das dürfe nicht sein, weil er doch diese Reise gewinnen wolle, und da würden sie ihn mit einem Eintrag wohl kaum nehmen. Sie fragte noch, was das damit zu tun habe, aber Tobi sei gar nicht mehr richtig da gewesen. Er habe sich an den Rand des Kessels gestellt, die Polizisten stützten sich auf ihre Schilde, der Verkehr floß längst wieder wie von selbst. Alice sagte: »Dann ist er losgerannt. Ich hab nicht mal geschrien, ich dachte, dann gucken sie erst recht. Er wollte in die Fußgängerzone, aber die waren so schnell. Da ist er zur Seite, den Bürgersteig entlang, und als von dort auch welche kamen, blieb ihm nur die Straße.«

Womöglich hatte Alice ihr das meiste davon erst später erzählt, als sie nachts im Krankenhaus saßen, an seinem Bett, und zusammen mit den Geräten einen Kreis um ihn bildeten, dort jedenfalls wiederholte sie es ohne Unterlaß. Alice immer noch in ihren Stiefeln und den schwarzen Sachen, Hella in eine Klinikdecke gehüllt, den Blick starr auf Tobis Hände gerichtet, die unbeweglich auf dem weißen Laken ruhten. Aber jedesmal, wenn sie sich an diesen Moment in der Badewanne erinnerte, erschien er ihr so endlos, als müßte sie alles schon dort erfahren haben, in aller Länge, als hätte sie bewegungslos dagesessen, zusammengekauert, unfähig, sich zu rühren, bevor nicht auch das Wasser gänzlich erkaltet war.

AM TAG nach ihrem Gespräch sagte sie Adam, der sie zum Spazierengehen abholen kam, sie habe zu tun, und ging dann für sich alleine. Sie lief einfach voran, über die Betonfahrbahnen, die Pisten, die schmalen Sandwege, an den letzten Gebäuden vorbei und so fort, hinaus in die Steppe mit dem niedrigen, trockenen Gras, bis es keine Hinweise mehr gab, wo sie war und wie es weiterging, und sie also ebensogut immer weiter gehen konnte. Was hätte sie tun sollen? Der Wind trieb hier wieder die kleinen runden Büsche vor sich her, hob sie empor und ließ sie vor Hellas Augen schweben. Sie sah sich um, doch bis auf den schmalen Pfad ließ sich längst nicht mehr erkennen, woher sie gekommen war.

Für Momente war sie enttäuscht, daß die Erde ja doch eine Kugel war. Es ginge nicht immer so voran, am Ende würde sie zurückgeführt werden zu sich selbst. Sie versuchte sich auf die Formel für die Oberfläche einer Kugel zu besinnen, Tobi hätte ihr helfen können. Wie vermessen, ein solches Vorhaben in Angriff zu nehmen, ohne sich mit diesen Dingen auszukennen, mit den Regeln von hier unten, wo sie herkam.

Im letzten Winter hatte er ihr etwas zu Weihnachten geschenkt, und wie alles zuletzt hatte auch dies mit den Sternen zu tun gehabt. Es war eine Lichtgirlande für ihr Zimmer, die er an einem Transformator einschaltete, eine gewagte Konstruktion aus Klingeldraht und einem guten Dutzend Birnchen, die von ihrer Zimmerdecke in den Raum hingen. Sie hatte das schöne Licht gelobt, das sie verbreiteten, wärmer und voller als andere Lichterketten, aber er hatte sie an der Hand genommen und herumgeführt, hatte zu manchen Lämpchen einen Namen gesagt, Rigel, Beteigeuze, Bellatrix, um sie am Ende zu ihrem Schreibtischstuhl zu führen, wo er sie Platz zu nehmen bat.

Da hatte sie gesessen, ohne zu wissen, was das sollte und was von ihr erwartet wurde, während er stolz und aufgeregt neben ihr stand, im Warten darauf, daß sie das Geheimnis löste. Das verhieß nichts Gutes, sie wußte von seinen Rätseln, daß sie ihm selbst weit lösbarer erschienen als anderen, was am Ende mit Gewißheit zu Enttäuschungen führte. Also hatte sie die Augen zusammengekniffen und geblinzelt, im Versuch, einen Blick auf das Lichtspiel zu werfen, als sehe sie es zum ersten Mal, und tatsächlich sah sie nun mit halb geschlossenen Augen nicht mehr die einzelnen Birnen, sondern das Muster, das sie bildeten und das ihr vertraut erschien, ein von vier nahen Lämpchen strahlend markiertes Trapez, durch das sich schräg ein schmales Lichtband zog, das dem Viereck eine Taille gab, so daß es die Form einer Sanduhr bekam. Unter diesem Querstrich hing eine aus wenigen schwächeren Lichtern zusammengesetzte Reihe, die sie nun bereits als Schwert las, das an dem schräg verlaufenden Gürtel hing, es war Orion, der Kämpfer, den sie wiedererkannte, so hatte Tobi ihr das Sternbild am Himmel vorgeführt, und sie sagte es und zeigte ihm, was sie sah, den gedrängten, eckigen Kopf, die hellen Schultern und Knie, den weiten Schwung des wie zum Angriff erhobenen Armes.

Und im gleichen Augenblick verstand sie, was all das sollte, auch wenn Tobi nun selbst begann, es wortreich zu erklären. Er hatte die Sterne aufgehängt, wie sie im Weltraum angeordnet waren, mit den gewaltigen Entfernungen dazwischen, die auf einen Blick deutlich machten, daß die einzelnen Lichter nicht zueinandergehörten, daß nichts sie verband als die Perspektive. Ihr Schreibtisch mochte das Sonnensystem sein, ihr Stuhl der Erdplanet, sie selbst, wie sie hier saß, einer seiner bei Nacht aufschauenden Bewohner. Nur von hier aus wurde aus diesen Lichtern ein Bild.

Sie hatte sich bedankt, und bevor sie wieder hinübergingen, um sich an den Tisch mit dem Weihnachtsessen zu setzen, hatte sie sich auf dem Stuhl langsam zur Seite gebeugt und zugesehen, wie sich das Sternbild allmählich verzerrte, der Körper des Himmelsmannes formte sich um, zögerlich knickte er die Hüfte ein wie in einem vorweggenommenen Schmerz. Sie hatte sich weiter gestreckt, mit einer Hand längst auf den Boden gestützt war sie vor und zurück geschaukelt, um die Wirkung ihrer Bewegungen nachzuvollziehen, und hatte Orion angestarrt, der mit dem Kopf ruckte wie ein gedrungenes, langhalsiges Zootier, das so fremd aussah, als könnte es im nächsten Augenblick zu sprechen beginnen.

Nach dem Essen hatte auch sie ihm etwas geschenkt, einen Sternenhimmel, als Bausatz aus dunkelblauem Karton, den er noch am Heiligen Abend zu einer Halbkugel schnitt und falzte und klebte, bis es aussah wie eine große Schale. Die Innenseite war überzogen mit aufgedruckten, hellen Punkten, wo man sich die Sterne vorzustellen hatte, und mit Strichen, die die einzelnen Punkte zu Bildern verbanden, wie es sie zu ihrem Bedauern am Himmel nie zu sehen gab. Tobi und sie hatten sich über die Sternenschüssel gebeugt, er hatte ihr die wichtigen Konstellationen gezeigt, seine Lieblingsbilder und ihr Tierkreiszeichen, die langen Bögen der Fische, die sie nie recht verstanden hatte. Immer wieder fuhr er mit seinen Fingern über die Pappe und zeichnete dann die Strukturen mit weiten Strichen in die Luft, als übertrage er sie an die Zimmerdecke, bis er selbst merkte, daß es so auf dem Kopf stehend nicht weiterführte. Er drehte die Himmelskugel auf seinem Schoß um, daß sie richtig ausgerichtet war, ein kleines Abbild der Kuppel draußen. Für einen Moment sahen sie auf die leere dunkle Außenseite, und Tobi murmelte: Wie Götter, und er hatte recht, sie schauten darauf wie auf eine dunkelblaue Sphärenschale, unbeteiligt, enthoben. Also hatte er ihr das ganze Ding über den Kopf gestülpt, als gewaltigen steifen Himmelshut, in dem sie aber auch nichts erkennen konnte, so eng und finster war die Nacht unter ihm. Hella hatte einfach die Augen geschlossen.

Als sie den Himmel abhob, war Tobi eben mit dem Nähkästchen ihrer Mutter zurückgekommen, er hatte sich auf den Boden gesetzt und mit Nadeln verschiedener Stärke die Sternbilder Punkt für Punkt durchstochen. Sie hatte mit den Vorbereitungen fürs Abendessen begonnen, irgendwann war er aus der Wohnung gelaufen, sie stand am Küchenfenster und schaute mit ängstlichem Stolz zu, wie er am Bauzaun der Überführung eine der Absperrleuchten löste.

Auf dem Boden des abgedunkelten Wohnzimmers stehend hatte die Lampe orange zu blinken begonnen, Tobi stülpte seinen Pappkosmos darüber, und so standen sie nebeneinander wie wortlos aufgeregte Teenager unter der Maßlosigkeit des Himmelszeltes, das sich über ihre Zimmerwände und -decke erstreckte. Sie erkannte den Großen Wagen, der sich orangerot in die Ecke zur Balkontür krümmte, die Plejaden entdeckte sie als schwache Flecken über dem schwarzen Weihnachtsbaum, der Orion stand so kampfbereit, wie sie ihn eben selbst geschenkt bekommen hatte, und all das blinkte mit der unerbittlichen Regelmäßigkeit einer Straßenkreuzung bei Nacht. Ein Puls wie aus den Tiefen des Weltraums oder nur das Blinzeln bei einer Nachtwanderung. Ein hellrotes Signal, womöglich eine Warnung. Sie hatte zu Tobi geschaut, dessen Augen durch den Raum schweiften, auch auf seinem Gesicht pulsierten die Punkte, eine stumme, starre Discokugel, er hatte die Arme hochgerissen, übersät mit Licht, was seltsam aussah, schon weil die Sterne ewig sein sollten, und nun diesem unablässig klopfenden Takt unterworfen waren, was immer er auch zählen mochte.

Sie lief weiter auf dem schmalen Trampelpfad durch das spröde Gestrüpp, man hätte nicht sagen können, ob es Tiere waren, die ihn gebahnt hatten, oder Menschen. Hella bildete sich ein, sie laufe durch das leblose Innere eines Kraters. Nach einer Weile hörte sie auf, sich in der Landschaft umzuschauen, es gab beim besten Willen nichts darin zu entdecken als niedrige Hügel und die immergleichen kugeligen Büsche, man konnte es kaum eine Landschaft nennen. Das einzige, was hervorstach, war der Pfad, auf dem sie ging, und dorthin mußte sie ohnehin schauen, wollte sie zwischen den stacheligen Ballen nicht vom Wege abkommen. Also lief sie mit gesenktem Blick vor sich hin, ihr war heiß, sie hatte Durst, aber auf selbstvergessene Weise war ihr leicht zumute, sie sah nichts als trockene Erde und staubbedeckte Gräser und bildete sich ein, allein zu sein auf der Welt, so daß es ohnehin auf nichts mehr ankäme, daß endlich nichts mehr notwendig war, auch nicht ihre Reise. So ging sie lange, ohne etwas zu denken, zu sehen oder zu spüren, und erst als sie mit einem Mal das Empfinden hatte, jemand schaue ihr zu, hob sie den Kopf.

Vor sich im Dunst entdeckte sie etwas auf dem Pfad, es war ein niedriges, helles Wesen, es schien ein Tier zu sein, und ganz offensichtlich kam es auf sie zu. Sie blieb stehen, unfähig zu einer Bewegung, und je länger sie so stand, desto deutlicher erkannte sie, was da kam, aber je deutlicher sie es erkannte, desto weniger wußte sie, was es war. Es lief mit gleichmäßigen, federnden Schritten den Pfad entlang, und es hatte Flügel. Sie standen zur Seite ab, in strahlendem Weiß, und wippten im Rhythmus seines Laufens. Es hätte ein Schwan sein können, aber war das der Gang eines Schwans? So stand sie, in gespannter Erwartung dieser Kreatur, als das Tier, kaum einen Steinwurf von ihr entfernt, abbog und ohne seinen Schritt zu verlangsamen durch die Gräser lief.

Es war ein Fuchs, sein Fell glänzte in hellem Rot, und er trug eine Gans im Maul. Sein Opfer schien kaum kleiner als er, es mußte ihm die Sicht nehmen, aber als er ein Stück vom Pfad entfernt war, bog er erneut ab, lief in sicherem Abstand geradewegs an Hella vorbei und trabte dann nach einer neuen Kehre um sie herum zurück auf den Pfad. Noch als er mitsamt seiner Beute in der Ferne verschwunden war, stand sie so da. Als sei sie selbst die Gans in seinem Maul, unfähig zu einer eigenen Bewegung, mit Flügeln, die zu den Seiten heraushingen und im Takt der schnellen Schritte auf und nieder wippten.

Am Nachmittag kam sie von ihrem Ausflug zurück, verschwitzt, erschöpft und ebenso enttäuscht wie erleichtert, daß sie beim Erreichen des Zauns wieder hatte umkehren müssen. Hella meldete den Diebstahl in der Küche, und auch wenn die dicke Maya Ivanova kaum die Sorte Mensch war, einer verlorenen Gans nachzuweinen, schien sie doch zufrieden, daß Hella gekommen war, ihr vom Verbleib des Tieres zu berichten. Beim Hintereingang der Küche zeigte sie Hella den Verschlag, wo die Gänse sich am Abend versammelten, gleich neben dem Unterstand für die Kuh. Jetzt, am Nachmittag, war er bis auf das

Stroh und einige große, strahlend weiße Federn leer. Auf die Frage, was in der größeren Hütte dahinter sei, setzte Maya Ivanova zu einer lauten, wort- und gestenreichen Erklärung an, ein Schauspiel, von dem Hella kein Wort und keine Geste verstand, so daß die Köchin ihren Vortrag unterbrach und Hella mit wedelnden Fingern bedeutete, sie könne jetzt gehen, zum Abschied schlug sie ihr noch einmal wortlos lachend auf die Schulter.

Am selben Abend aber klopfte es spät an ihre Tür, und als Hella, die angezogen auf dem Bett gelegen, zur Zimmerdecke gestarrt und dem Brummen des Kühlschranks gelauscht hatte, öffnete, war es die Köchin, die sie mit einem triumphierenden Blick am Arm mit sich zog. Gerade noch durfte Hella in ihre Schuhe schlüpfen, schon ging es die Treppe hinab und hinaus, und auch auf dem Plattenweg blieb Hella im Klammergriff der massigen Frau, die sich von Zeit zu Zeit zu ihr drehte und den Mund aufriß, daß ihre Goldzähne im blassen Licht der Laternen glänzten. Erst am Hintereingang der Küche blieb sie stehen. Hella sah die Kuh, die nun schlafend an ihrem Platz stand, und sie erkannte den hölzernen Anbau wieder, mit dem wassergefüllten Bottich neben der Eingangstür, und als sie sah, daß es aus einem kleinen Schornstein in dicken, grauen Schwaden rauchte, verstand sie auch, was das Küchenpersonal sich dort gebaut hatte.

Es war eine Schwitzhütte, in die Maya Ivanova sie zog, schon beim Öffnen der Eingangstür schlug ihnen rauchige Hitze entgegen. Im engen, dunklen Vorraum standen sie nebeneinander, Maya Ivanova fingerte aus ihrem Kittel einen Kerzenstummel, riß ein Streichholz an und ließ etwas Wachs auf die Türklinke tropfen, in das sie die Kerze drückte. Sie steckte die Streichhölzer zurück und begann, einen nach dem anderen die Knöpfe des Kittels zu öffnen – mit einem Nicken bedeutete sie Hella, es ihr gleich zu tun.

Hella wandte sich ab und begann langsam, sich auszuziehen, die Schuhe erst, dann die Strümpfe, die Hose und den ganzen Rest. An die Bretter der Rückwand hatte jemand die Blätter eines alten Fotokalenders geheftet, so daß sich das ganze Jahr auf einen Blick zu erkennen gab, die Wintermonate in einer allmählich tauenden Schneelandschaft, dann vier, fünf Bilder lang eine Folge immer größerer Blüten, anschließend Meeresbrandung, einige Pferde, kahle Berggipfel und endlich die eingerissene Ansicht einer verschneiten Birke. Hella legte ihre Kleidungsstücke über dem Rand eines wassergefüllten Botichs zusammen und drehte sich um.

Es war nicht so sehr Maya Ivanovas gewaltige Nacktheit, die sie erschreckte, sondern ein daneben ganz unscheinbar wirkendes Detail. Gerade weil der überquellende Leib, wie er da im Licht der Kerze glänzte, den gesamten Vorraum einzunehmen schien, blieb Hellas Blick am einzigen Kleidungsstück hängen, das noch zu sehen war. Maya Ivanova hatte sich eine gelbe Wollmütze aufgesetzt und bis über die Ohren gezogen, so daß von ihrem Haar kaum noch etwas zu sehen war. In der Hand trug sie eine zweite Mütze, aus dunklem Cord, die reichte sie Hella und bedeutete ihr mit den Händen, daß die Kopfbedeckung sie vor der Hitze im Inneren der Badestube schützen würde.

Maya Ivanova öffnete die Tür, sie verließen die Schleuse des Vorraums und stiegen durch eine Luke hinüber ins eigentliche Bad, ein erstickend heißer Raum, der von einem rohen, mannshohen Ofen fast vollständig ausgefüllt wurde. Hella versuchte etwas zu sagen, aber die Hitze verschlug ihr die Sprache, und der Laut, der ihr entwich, verlor sich im Knacken und Zischen des Feuers. Maya Ivanova hatte sich zur Ofenklappe hinuntergebeugt und öffnete sie, um Holz nachzulegen, indem sie mit einem der Scheite den schwarzgebrannten Griff herumlegte. Ein neuer Schwall Hitze überschwemmte den Raum, an den Wänden spielten die Lichtflecken der Flammen und ließen Maya Ivanovas riesigen, gebeugten Rücken hell aufleuchten. Es gab eine lange Bretterpritsche, dorthin legten sie sich, wie bewußtlos, die Augen geschlossen, und atmeten mit weitgeöffnetem Mund vorsichtig die heiße Luft.

Nach einer Weile spürte Hella, wie eine Hand nach ihr griff und an ihr rüttelte, und als sie die Augen aufschlug, stand die andere mit ihrer gelben Mütze vor ihr und hielt in der Hand einen Strauß Birkenreiser, deren Blätter von Wasser troffen. Sie legte ihr den Zeigefinger auf die Lippen, und Hella schloß erneut die Augen. Zuerst spürte sie nur, wie sich am Rücken die Hitze weiter steigerte, sie hörte das Rascheln der Blätter und fühlte nun deutlich den heißen Hauch, wo Maya Ivanova von oben bis unten mit den Zweigen über ihren Körper wedelte. Dann begannen die Schläge, erst vorsichtig, dann immer schärfer, es ließ sich nicht unterscheiden, ob ihre Haut brannte oder gefror. Mit einer kleinen Berührung am Arm brachte Maya Ivanova sie dazu, sich auf den Rücken zu drehen, und jetzt lag sie gänzlich ungeschützt da, während immer weitere Streiche auf sie niedergingen.

Als es nicht mehr auszuhalten war, hob sie den Arm, und sofort war es still, nur der Ofen prasselte leise weiter, und jede der Striemen glühte nach, als hätten die Schläge gar nicht aufgehört. Hella ahnte, was jetzt von ihr erwartet wurde, so erschöpft sie auch war. Langsam erhob sie sich, saß einen Moment lang einfach da, gebeugt und zitternd, bis sich der Schwindel gelegt hatte, dann schlüpfte sie an Maya Ivanova vorbei, die sich mit Wucht auf die Bretter fallen ließ, tränkte die Birkenzweige neu und begann nun ihrerseits mit der eben erlernten Behandlung.

Und sie mußte feststellen, daß dieser Teil nicht weniger auszehrend war, die Schläge auf Maya Ivanovas endlosen Körper erschöpften sie über alle Maßen, die schnelle Bewegung in der Hitze, der heiße Wasserdampf, die Schreie der Frau, die sie auffordern mochten, nicht nachzulassen oder sogar fester zu schlagen, die aber auch einfach ein Stöhnen sein konnten oder ein Jauchzen. Hella schlug besinnungslos auf sie ein, in alle Richtungen, mit aller Kraft.

Endlich war es auch der anderen genug, auf ein Zeichen der Frau hin taumelten sie beide aus Kammer und Vorraum hinaus in die Nacht, rissen sich die Mützen vom Kopf, mit einem Krug schöpften sie Wasser aus dem Bottich und gossen es abwechselnd übereinander aus, und Maya Ivanova lachte wie wild und spritzte ihr so lange mit den Fingern das kalte Wasser ins Gesicht, bis auch Hella mitzulachen begann vor Erleichterung. Auf ihren Körpern zeichneten sich noch immer die Striemen ab, obwohl Hella längst taub für das Brennen geworden war.

So hockten sie, in alte Bademäntel gehüllt, unter den Sternen, der Mond hing herab, im weißen Schleier seines Hofes rund wie ein Dotter. Manchmal schnaubte neben ihnen die Kuh im Schlaf, beide hatten sie wieder ihre Mützen übergezogen, und Maya Ivanova war hineingelaufen, um Tee zu machen, den sie in kleinen Schlucken tranken. An die Holzplanken der Schwitzhütte gelehnt wickelte die Köchin einen Salzhering aus seinem Papier und zeigte Hella, wie man ihn aß. Es war eine mühsame, kleinteilige Prozedur, das Fleisch von Haut und Gräten zu lösen, der

Fisch schmeckte salzig und lecker, noch tagelang rochen ihre Finger danach.

Sobald Maya Ivanova sie von nun an im Speisesaal sah, lief sie zu ihr hin und faßte sie lachend am Arm, bis Hella mit großen Gesten zu loben begann, was es gerade zu essen gab, einen Pfannkuchen oder ein Stück blutiges Fleisch, und die Köchin zufrieden zurück an ihre Töpfe lief. Abends ergab es sich manchmal, daß Hella für sie die Kuh von der Weide holte und zu ihrem Platz hinter der Küche führte. Wenn die Kuh stehenblieb, sprach Hella auf sie ein, in ihrer eigenen Sprache oder der hiesigen, mit den wenigen Wörtern, die sie unterdessen aufgeschnappt hatte und die nur die Kuh zu hören bekam, aber es machte keinen Unterschied, Hella mochte mit ihr reden oder am Seil zerren, am Ende war es das Tier, das irgendwann entschied, ein wenig weiterzulaufen.

WENN SIE SICH in den Nächten auszumalen versuchte, wo Tobi jetzt war, fuhr ihr statt eines Ortes eine Musik in den Kopf. An einem Sonntagabend, es war spät, sie wollte ausgehen und war im Begriff gewesen, sich umzuziehen, hatte sie sich an ihrem Kleiderschrank einen Splitter in den Finger gezogen. Also klopfte sie, den Finger im Mund, hilfesuchend mit der Pinzette an seine Zimmertür und trat, als keine Antwort kam, ein. Es war dunkel, im ersten Moment meinte sie, er sei verschwunden. Dann bemerkte sie ihn, ein Schatten vor dem Fenster, breitbeinig stand er vor der Scheibe und sah hinaus auf die hoch aufgetürmten Wolken, die eine Hand erhoben, während er die andere vor seinem Körper bewegte. Anfangs glaubte sie, ihn dabei überrascht zu haben, wie er sich selbst befriedigte, aber das war es nicht.

Er spielte Luftgitarre. Im Scherenschnitt seiner Gestalt entdeckte sie die halbrunden Ausbuchtungen ihres alten Kopfhörers, das Leuchten der Anlage und ein pochendes, knisterndes Flüstern. Er spielte gut. Natürlich konnte sie nicht erkennen, was es war, aber er spielte ruhig und bestimmt. Es ging ihm nicht um Virtuosität, obwohl schnelle Passagen dabei waren. Wenn ein Lauf übers Griffbrett die linke Hand näher an den Körper brachte, hob er den Hals seines unsichtbaren Instruments ein wenig und beugte kaum merklich den Oberkörper nach hinten.

Sie stand dabei und sah ihm zu, diesem eigenen Menschen. Sie hatte oft so gestanden und auf ihn geschaut, seit es ihn gab, verblüfft über die Autonomie dieses Wesens, wenn er etwas ganz für sich tat, ohne Bewußtsein davon, daß da eine Welt war außerhalb seiner selbst. So hatte sie zugesehen, als er einjährig jedes Blatt ihrer Zimmerlinde, an das er heranreichte, abgerissen, einzeln betrachtet und in einer langen Reihe durch den Raum gelegt hatte, als kleine, bedächtige Regatta aus Blattgrün. Sie wußte, daß sie ihn hätte unterbrechen müssen, ihm deutlich machen, daß es verboten war, aber statt dessen war sie erstarrt in der Tür stehen geblieben. Solche Zeichen hatte es manchmal gegeben, aber immer innerhalb des Rahmens, in den auch sie gehörte (das selbstvergessene Kind, wie es auf dem Rücken in seinem Bett liegt und mit dem Pistolenfinger Kugeln in die Zimmerdecke schießt; der Junge, der den Korb mit frischer Wäsche ausleert und die Kleidungsstücke nach Farben sortiert auf dem Boden des Waschkellers ausbreitet, ein Regenbogen aus Hosen, Hemden und Unterwäsche). Aber erst jetzt, an diesem Abend unter den dunklen Wolken, hatte sie gemerkt, daß daraus Unabhängigkeit geworden war. Er würde sie zurücklassen.

Dann hatte er zu singen begonnen. Erst hatte sie geglaubt, er weine, so jammervoll klang es, ein leiser, jaulender Ton, aber offenbar waren es Sätze, die er mit hoher Stimme hervorbrachte. Es war nicht zu erkennen, was für ein Lied es sein sollte oder in welcher Sprache er sang, es richtete sich an niemanden. Sein Gesang diente allein dazu, seinen Kopf zum Singen zu bringen, ihn glauben zu lassen, daß er es war, der die Musik in seinen Ohren erzeugte.

Es war nicht schön, was sie an diesem Abend gehört hatte, aber es klang so losgelöst von den Zwecken und Gesetzen dieser Welt, daß sie sich seither für keinen Engel im Jenseits einen anderen Gesang mehr vorstellen konnte.

Woran sie nicht denken durfte: daß Tobi auf der Kreuzung zu Tode gekommen war, die er hatte blockieren wollen. Er war ja nicht daran gestorben, daß man ihn auf die Fahrbahn gejagt hatte. Am Ende war es einfach ein fahrendes

Auto gewesen. Er war auf eine Straße gelaufen, auf der, wenn es nach ihm gegangen wäre, niemand hätte unterwegs sein dürfen, und es wäre niemand darauf unterwegs gewesen, wenn man sie nicht weggetragen hätte, nichts als einige Reihen ungeduldig wartender Fahrzeuge, die niemandem etwas taten. Hella lebte in einer Schleife, die mit sich selbst verknotet war, aus Trotz oder aus Verständnislosigkeit.

In der Nacht im Krankenhaus, als Alice ihr an Tobis Bett von dem Unfall erzählte, war Hella bewußt geworden, daß sie seit dreizehn Jahren kein Krankenhaus mehr betreten hatte, seit seiner Geburt. Kaum daß er auf die Welt gekommen war (und mit ihm die Sorge um ihn), hatte ihn eine Krankenschwester auf den Arm genommen und untersucht, Hella erinnerte sich, wie die Schwester seine winzigen Hände in ihre nahm und langsam zu zählen begann, einen Finger nach dem anderen, bis fünf und bis zehn und dann wieder rückwärts, in aller Ruhe, als würde sie das Ergebnis nicht längst kennen. Auf Hellas Frage entgegnete sie, die Erwartung, an jeder Hand fünf zu finden, sei so stark, daß ein fehlender oder zusätzlicher Finger bei nachlässigem Zählen unweigerlich übersehen würde.

Wenige Tage nach seiner Beerdigung dann war ein Schreiben der Polizeidienststelle gekommen, man habe ein Verfahren wegen gefährlichen Eingriffs in den Straßenverkehr gegen ihn eröffnet. Und obwohl ihr nichts lieber gewesen wäre, als daß es zu einem solchen Verfahren hätte kommen können, hatte sie ihnen geschrieben, von Hand, es wurde kein langer Brief. Im Kopierladen hatte sie den Deckel des Gerätes nicht geschlossen. Als der hellgrüne Blitz kam, war er für einen Moment greller als alles andere, kaum abgeschattet von dem kleinen Zettel seines Totenscheins in der Mitte der Glasscheibe. Es war ein A3-Bogen herausgekommen, mit breitem, glänzend schwarzem Rand. Sie hatte ihn gefaltet und zusammen mit ihrem Schreiben in den Umschlag gesteckt.

Dem Antrag auf Verfahrenseinstellung wurde stattgegeben, die Unterlagen bekam sie zurück. Als die Kopie des Totenscheins erneut in ihren Händen lag, schrieb sie ohne lange nachzudenken auf die Rückseite, was geschehen war. Sie hatte Platz, es war ein großes Stück Papier. Dann legte sie das Blatt zusammen wie vorher, strich nach jedem Falten über den Knick, steckte es noch einmal in einen Umschlag und vermerkte als Empfänger TRANSZ, die Reisefirma, das Preisausschreiben, bei dem Tobi sich nicht mehr hatte beteiligen können. Wenige Wochen später der Anruf, die Glückwünsche, der Fotograf, die Blumen, ein offenbar bewegter Brief des Marketingvorstands mit der Einladung, gemeinsam zur Station zu fliegen, die Rücknahme dieses Angebots wenige Wochen später, als der Konzern gerade zerschlagen worden war. Ihr Gewinn blieb gültig.

Wenn Pador sie nicht gerade an den Tisch der Direktion winkte, saß Hella im Speisesaal als eine unter vielen, die man bald schon nicht mehr anders wahrnahm, nur weil sie es war, die nicht am Boden bleiben würde. Sie gehörte dazu, nicht als eine von ihnen, aber freundlich geduldet, auch wenn sie anders sein mußte als alle ihre Vorgänger, sie war die Stiefkosmonautin der Station. Hella bildete sich ein, daß die einsetzenden Vorbereitungen auf den Start jedem anzumerken seien, auch wenn sie nicht hätte sagen können, woran genau es sich ablesen ließ.

Nach und nach lernte sie ihre wechselnden Tischnachbarn kennen. Belgar, einem Meteorologen aus Kamtschatka, der Backenbart trug und eine Vorliebe für Süßspeisen hatte, schob sie manchmal ihren Nachtisch zu, was er mit einer angedeuteten Verbeugung quittierte. Manchmal berichtete sie Waldek, einem Astronomen, der ihr Vorlesungen über die Beschaffenheit des Mondes gehalten hatte, welche Krater und Mare sie morgens, in ihre Decken gewickelt, von der Galerie aus auf der Mondoberfläche erkannt hatte, und er lobte sie dafür. Es gab zwei Ärzte, deren Namen Hella sich nicht merken konnte, auch wenn sie einige Nachmittage in ihrem Sprechzimmer hatte zubringen müssen, wo beide sie in aller Ausführlichkeit und unter einigem Murmeln, aber ohne auffälligen Befund untersucht hatten. Die beiden kamen immer gemeinsam, stets in ihren beigefarbenen Kitteln, aßen rasch und verschwanden als erste, ohne mit einem der anderen gesprochen zu haben. Es gab einen indischen Ballistiker, Shams, der längst vergessen geglaubte Grundlagen der Hindi-Konversation in ihr weckte und Hellas Neigung zu Eierspeisen teilte. Manchmal redete sie auch mit dem grasgrünen Wellensittich am Eingang des Saals, dann hüpfte er ans Käfiggitter und knabberte an ihrem Fingernagel, während sie flüsternd auf ihn einsprach.

Die Tische standen gedeckt, wenn Hella kam, das Besteck zeigte in geschwungenen kyrillischen Buchstaben eingraviert den Namen der Station. Seit sie Maya Ivanova näher kennengelernt hatte, gab es jeden Tag frischen Salat.

AUF EINEM ihrer Tagespläne stand der Besuch der Zentralen Beschaffung. Der Name war ihr von der Übersichtskarte am Eingang der Station vertraut, ein einzelstehendes Gebäude am Südufer des großen Sees. Sie entschied, allein zu gehen. Adam hatte gesagt, entweder er oder Pador würden sie zu jedem Termin begleiten, schon um zu übersetzen, aber Hella hatte in dieser ersten Zeit nicht aufhören können, sich zwischen all den höflichen Begegnungen als Gast zu fühlen. Sie wollte nicht länger Teil ihrer eigenen Delegation sein.

Ein Pfad führte sie am flachen, verschilften Westufer um den See herum. Rot spiegelte sich der Morgen im Wasser. Obwohl die Sonne schon ein gutes Stück emporgestiegen war, verbarg sie sich noch zwischen einigen Wolkenbändern, die über der flachen Ebene hingen wie Reste von Nacht.

Hier hatten sie am Vorabend gestanden und in die heraufziehende Dunkelheit geschaut, nachdem Pador sie und Adam im Aufbruch zu einem Abendspaziergang entdeckt und sich ohne zu zögern oder um Erlaubnis zu bitten angeschlossen hatte. Ihr selbst hätte sich die Frage nie gestellt, aber hier am Ufer hatte Pador auf einmal gesagt, es gebe nirgendwo auf der Erde einen Weltraumbahnhof, der nicht im Westen eines menschenleeren Gebietes liege, sei es Wüste, Steppe oder Meer. Obwohl Hella den Grund für die Behauptung nicht verstand, hatte sie zur Sicherheit kein Anzeichen von Neugier gegeben. Es sei eine Vorsichtsmaßnahme, war Pador fortgefahren, jede Rakete starte nach Osten, um den Schwung der Erddrehung auszunutzen. Und für den Fall, daß beim Start etwas schieflaufe, sollten die Trümmer nicht über bewohntem Gebiet niedergehen. Hella hatte nichts darauf erwidert, und auch Adam hatte geschwiegen.

Auf dem schmalen Streifen am Rande des Sees, wo Land und Wasser verwischten, sammelten sich nun am Morgen die Vögel zu dunkel gepunkteten, unscharfen Gebilden. Auf den Heizungsrohren einiger ausgemusterter Radiatoren, die als Stege hintereinander in den Morast gelegt waren, balancierte Hella zu ihnen heran, bis sie in kleinen Gruppen aufstoben, einige Bögen flogen und sich dann in einer gemeinsamen, sanften Bewegung am gegenüberliegenden Ufer niederließen. Seit Tagen sammelten sie sich zu immer größeren Gemeinschaften, die stundenlang ihre Bilder in den Nachmittagshimmel tuschten, unleserlich, flirrend, in erschreckender Einmütigkeit, wenn der Schwarm mit einem einzigen Flügelschlag zur Seite kippte, bis nur noch die Schmalseiten der Flügel zum Boden wiesen, so daß es den Anschein machte, die Vögel hätten sich in der Luft aufgelöst, nur um gleich darauf mit einem weiteren Schlag wieder zum Vorschein zu kommen, in fragloser Übereinstimmung, die Hella an die gleichförmige Bewegung der Lamellen von Tobis Kinderzimmerrollo erinnerte. Auch am Vorabend hatten Adam, Pador und sie schweigend den dunklen Vogelwolken zugeschaut, wie sie über dem See kreisten. Irgendwann hatte Hella gesagt, sie könne verstehen, daß man sich früher nicht habe vorstellen können, wohin die Schwärme auf einmal verschwänden und wo sie den Winter über blieben.

Wenn er sich richtig erinnere, hatte Adam nach einer Weile gesagt, sei es Carl von Linné gewesen, der vermutete, sie versänken im Herbst in den Sümpfen und kämen erst im Frühjahr wie Amphibien wieder ans Licht. Pador hatte gelacht und gesagt, vielleicht sei es ja eben dieser See hier, in dem sie sich versteckten. Dann waren sie still gewesen, bis Pador fortfuhr, auch er kenne eine Geschichte dazu. Sie stamme vom Bischof von Hereford, sagte er mit Seitenblick auf Hella, als könne sie etwas dafür. Der habe vermutet, die Vögel flögen zum Überwintern auf den Mond, in gewaltigen, rauschenden Schwärmen. Hella hatte versprochen, sie zu grüßen, sollte sie ihnen dort begegnen.

Das Gebäude breitete sich in die Landschaft aus. Je näher sie kam, desto unübersehbarer kündigte es sich an, ganz so, als käme es ihr entgegen. Der Weg führte vorbei an einem Haufen hellblauer Rohrleitungen, übereinandergeschichtet wie zu einem Lagerfeuer. Im Schatten einer Silberpappel stand der nur durch Säulen markierte Rohbau einer Halle, alle zehn Schritte ragte eine Strebe in den Himmel, manche von ihnen noch in der Verschalung. Ein stilles Heiligtum, die Sonne schien auf zwei in Beton gegossene Eingangsstufen. Daneben wurde ein übermannshoher Stapel Eisengitter von Resten weißer, sandbeschwerter Planen bedeckt, als still flatternde Idee eines Schutzes. Hella fragte sich, was den Turm davor bewahrte, ins Rutschen zu geraten. Ihr war, als laufe sie durch ein Grabungsfeld, Trampelpfade kreuzten ihren Weg, ein Unterstand barg eine Reihe rostrot angelaufener Eisenrohre, der Länge nach geordnet.

Hinter einer Doppelgarage erhob sich ein roher Flachbau. Die Wände waren mit Dämmplatten überzogen, in mächtigen roten Versalien leuchte der Schriftzug des Herstellers: KRYSTAL, KRYSTAL, KRYSTAL. Am hinteren Ende war eine glatte, graue Eisentür, ohne Klinke oder Griff. Hella hatte keine Wahl als zu klopfen.

Es war eine Frau, die öffnete. Sie sah aus, als habe sie schon lange vor den Tagen der bemannten Raumfahrt an dieser Stelle gearbeitet. Die Frau war klein und ein wenig eingefallen, vielleicht war sie früher einmal kräftiger gewesen. Hella erkannte, daß sie es gewesen war, deren Händedruck ihr bei der ersten Begrüßung im Gedächtnis geblieben war, auch wenn sie nun nicht mehr im Rollstuhl saß. Frau Gospodina, wenn sie sich richtig erinnerte. Sie trug ihr weißes Haar zu einem Zopf gebunden, der weit oben von ihrem Hinterkopf abstand wie bei einem Mädchen. Sie sagte: »Ja«, und wenn das eine Frage war, enthielt sie eine Leere, die versprach, jede denkbare Antwort zu ertragen.

»Es geht um meine Montur.«

»Von welcher Montur sprechen wir?«

»Ich fliege bald.«

Sie faßte Hellas Arm und zog sie ins Innere des Gebäudes.

Als sie die Tür hinter ihr schloß, war es dunkel, bis auf eine dämmrige Leuchtröhre über dem Eingang. Die Anzüge hingen in langer Reihe an einer Metallschiene, die sich mit engen Schwüngen durch den Raum wand. Die Frau trat hinter einen hölzernen Tresen und fragte nach ihren Maßen. Hella zögerte einen Moment, es waren so viele Zahlen, die sich im Laufe der Zeit eingeprägt hatten, Kleidergrößen und Kostümmaße, Bundweiten, die speziellen Angaben für Mäntel, Jeans, für italienische Mode, mit den Jahren hatten sie sich in kleinsten Schritten erhöht, bis sie dann in der Schwangerschaft in kürzester Zeit durch alle Maße gewachsen war, um nach dem Abstillen erstaunlich rasch wieder zu den alten Zahlen zurückzukehren. Die nationalen Abweichungen fielen ihr ein, wie sie auf den Tabellen einander gegenübergestellt wurden, und die Buchstaben. Meistens war es M gewesen, *Medium*. Das sagte sie. Die Frau sah sie an und führte sie zu einer Wand, an der mit Reißzwecken ein weißes Maßband befestigt war, davor hatte sie sich zu stellen. Die Alte stieg auf einen Schemel und las ihre Körpergröße ab, zurück am Tresen trug sie die Zahl in ein Buch ein, das dort lag. Sie schob Hella das Buch zu und zeigte auf die leere Stelle neben der Zahl, dorthin sollte sie ihren Namen schreiben. Die Frau drückte einen in das Holz eingelassenen Knopf, und ganz langsam begannen die Anzüge sich schaukelnd in Bewegung zu setzen, ein gewaltiger, schwankender Aufmarsch. Die meisten von ihnen waren rot, mit Taschen und Verstärkungen aus weißem Material, das nach Kunstleder aussah, aber es gab auch andere Farben, ein abgenutzt wirkendes Braun, ein Hellgrau, die Frau griff nach einem schmalen Modell, das silberfarben war, und hob es von der Halterung.

»Bitte«, sagte sie.

»Ist das meiner?«

Die Frau entgegnete nichts. Hella hatte sich die Anzüge fester vorgestellt, voluminöser, vielleicht täuschten die Bilder. Sie schaute sich um, aber da war nichts, das als Umkleidekabine hätte dienen können, und sollte sie sich überhaupt umziehen? Also stand sie da, in der Mitte des Raumes, den silbernen Anzug über dem Arm, der ihr schwer erschien. Sie gab ihn der Frau zurück.

Hella schlüpfte aus den Schuhen und stellte sie neben sich, sie waren aus Wildleder und kamen ihr auf einmal kümmerlich vor. Es war ein vorweggenommener Abschied, sie zog die Jacke aus und den Pullover. Irgendwann hatte sie erfahren, daß Richter und Pastoren unter dem Talar ihre gewöhnliche Kleidung trugen. Was trug man unter einem Raumanzug? Sie dachte an lange Unterwäsche, an Skikleidung. Sie knöpfte ihre Hose auf und streifte sie ab. Es war nicht die Frau, von der sie sich beobachtet fühlte. Sie schaute sich selbst dabei zu, wie sie hier stand im weißen Unterzeug, ihre Kleidung über dem Arm, die sie nun der

Frau reichte, im Austausch gegen den Anzug. Sie war erstaunt, wie leicht sie hineinglitt. Um den Hals lag der kreisrunde Metallring, an dem der Helm befestigt werden würde. Auf Strümpfen folgte sie der Frau in den Nachbarraum.

Vom Boden bis zur Decke waren Haken in die Wand eingelassen, auf denen Stiefel steckten, der Größe nach geordnet, die grob zerfurchten Sohlen zeigten in den Raum. Hella nahm Platz auf einer Bank. Die Frau brachte ihr ein Stiefelpaar.

Hella wäre nach einer richtigen Anprobe zumute gewesen, bei der sie auf und ab gehen könnte und immer neue Paare gereicht bekäme. Sie wünschte sich etwas, das ihre Beteiligung verlangte, damit nach und nach aus dem Dulden der Ereignisse eine Entscheidung würde. Aber das Stiefelpaar paßte. Es waren ihre Stiefel, daran konnte es keinen Zweifel geben. Hella stand im Raum wie eine zukünftige Heldin, und wie eine richtige Heldin war sie allein, wenigstens für den Moment, in dem die Frau noch einmal fortging.

Als sie wiederkam, trug sie etwas vor sich her, das im ersten Moment aussah wie ein Goldfischglas, so vorsichtig balancierte sie es in den Händen. Aber es war kein Fisch darin zu sehen. Die Frau half ihr, den Helm über den Kopf zu ziehen. Mit einem Klicken rastete der Verschluß ein, die Frau trat einen Schritt zurück, und auf einmal hatte Hella das, was sie sich die ganze Zeit gewünscht hatte, einen Schutzraum, eine Ummantelung, der Anzug war ihr dickes Fell. Es war eng unter dem Helm, und sie konnte ihren eigenen Atem hören, nah und laut, aber ihr war, als sei die gläserne Wand, die sie seit Wochen um sich spürte, endlich faßbar geworden, nicht länger eine wirre Vorstellung ihrer selbst, und sie lächelte der Frau zu, aus weiter Ferne.

ES WURDE später im Sommer, und obwohl sie in all der Zeit auf der Station an Zeit nicht gedacht hatte, sammelte sich Unruhe in ihr. Solange sie ihren Stundenplan erfüllen konnte, solange sie unterwegs war und mit Menschen sprach, war es möglich, darüber hinwegzusehen, aber abends ließ sich nicht länger leugnen, wie absonderlich das alles war. An den guten Abenden traf sie sich mit Adam, manchmal gelang es ihr, etwas wie Ausgelassenheit zu entwickeln. Sie gingen am Ufer des Sees durch nasses Gras, in dem runde, dunkelrosa Blüten standen. Die Schuhe hatten sie ausgezogen und trugen sie, einen in jeder Hand, Hella ihre Sandalen mit den schmalen Riemen, Adam die Schuhe aus Stoff, und Hella fragte sich, ob sie einander sonst an der Hand genommen hätten. Adam lief wie immer einen Schritt vor ihr her, und ihr blieb gar nichts anderes übrig, als ihn im Laufen anzusehen, seinen Hals mit den beiden dunklen Streifen des Haaransatzes, die Schuhe in seiner Hand, die abwechselnd gegen die Hose schlugen, die Hosenbeine hatte er umgeschlagen, sie sah seine Waden, die Knöchel und darunter die nackten Fußsohlen, die bei jedem Schritt hell aufleuchteten. Immer wieder hatte er sie gebeten, ihm etwas aus ihrem Leben zu offenbaren, anfangs höflich, dann immer drängender, begleitet von langen Episoden seiner eigenen Vergangenheit, die nur berichtet wurden, um sie einzuladen, ja zu zwingen, nun ihrerseits Einblick zu geben in die Welt, aus der sie kam. Dann war er stiller geworden, vielleicht hatte er die Hoffnung verloren, vielleicht glaubte er, daß es ihr auf diese Weise leichter fiele.

Wie er nun vor ihr herging und sie sich in seinem Rücken verbergen konnte, erzählte sie von Tobi. Sie redete lange, sie mußte nicht aufschauen, sie folgte einfach seinen Schritten, den Blick auf seine Füße geheftet, es hätte sie nicht gewundert, wenn sie den See längst umrundet hätten. Sie hatte sich nicht ausmalen können, wie er reagieren würde, sie hatte sich vorzustellen versucht, ob die Nachricht etwas verändern könnte zwischen ihnen. Als sie es ihm jetzt erzählte, lief er einfach weiter vor ihr her, ohne den Schritt zu verändern, ohne sich zu ihr umzuwenden, als ahnte er, daß es das war, was sie sich am ehesten wünschte, und sie glaubte schon, daß sie für immer den See umkreisen würden, als er auf einmal einen Schrei ausstieß, die Schuhe von sich warf und auf einem Bein zu hüpfen begann, während er das andere mit den Händen hielt, um sich gleich darauf ins Gras fallen zu lassen, den Fuß in die Luft gestreckt, und sie endlich verstand, daß ihn etwas gestochen haben mußte.

Sie hockte sich neben ihn und sah, daß es eine Biene gewesen war, der Stachel steckte noch immer in der Wölbung seines rechten Ballens. Als sie sich zu seinem Fuß hinunterbeugte, um die Einstichstelle in Augenschein zu nehmen, entdeckte sie im Gras das Tier und hob es auf.

Es war klein in ihrer Hand und viel leichter als erwartet, so leicht wie etwas, das nicht mehr am Leben war. Die beiden Flügel glitzerten still; flach und unbeweglich lagen sie am Körper. Die Fühler stakten ins Leere. Wie aufgerissen standen die riesigen Augen, und so starr, daß nichts an ihnen verriet, ob noch Licht hineinfiel, ob sie noch immer erfaßten, was sie umgab: die fein geriffelte, von Linien durchzogene Fläche einer Hand (glänzend von Licht und von der feinen Feuchtigkeit ihrer Erregung), hinter den Rändern dieser Fläche die Erinnerung an Gras und rosafarbene Blüten, darüber ein scharfer, dunkler Himmel und darin schließlich ein großes Gesicht, aus dem zwei Augen auf sie herabschauten. Mit dem Finger strich Hella über den pelzigen Oberkörper, er sah weicher aus, als er sich anfühlte. Alles an dem kleinen Leib war fest, und es war nicht einmal der Tod, der die Biene hatte erstarren lassen, jedes ihrer Glieder war schon vorher starr gewesen. Sie schien unversehrt im Tod. Nur dort, wo der Stachel herausgerissen war, konnte man sich einbilden, eine kleine, klaffende Öffnung zu sehen. Das Hinterteil des Tieres war abwärts gebogen wie im Schmerz.

Hella entdeckte auf ihrer Hand ein feines, helles Pulver, sie drehte den Bienenkörper um und sah, daß seine Unterseite mit Blütenstaub überpudert war.

Adam legte den Fuß ab und setzte sich auf. »Was hast du?« Und als sie nicht antwortete: »Was ist mit ihr?«

»Nichts. Sie ist tot.« Hella strich die Pollen an einer Blüte ab und legte das Tier ins Gras. Dann nahm sie seinen Fuß und zog den Stachel heraus.

Adam fragte: »Warum sterben sie? Was hilft es, in Lebensgefahr zu einem Mittel zu greifen, das einen ums Leben bringt?«

Hella hob seinen Fuß zum Mund und saugte die Einstichstelle aus, zwischen den Zehen hindurch sah sie ihn an.

Sie entgegnete nichts. Natürlich war es sinnlos von der Biene gewesen, ihn zu stechen. Es hatte sie umgebracht, ein vergebliches Opfer. Wie gut hätte sie weiterleben können wie bisher. Es hatte ihr nicht geholfen, wenn man mit Hilfe meinte, daß sie hätte überleben können, weiterfliegen, Nektar sammeln, Honig machen, Larven füttern. Das war vorbei. Aber es war ganz einfach. Adam hatte sie gereizt, und sie hatte sich aufgelehnt. Es führte zu nichts, das Tier verstehen zu wollen, es hätte sich selbst nicht verstanden. Wie auch Hella sich selbst nicht verstand. Vielleicht wollte auch sie Rache nehmen für die Ungeheuerlichkeit, die ihr angetan worden war. Und weil es niemanden gab, dem man eine Schuld hätte geben können, forderte sie das Schicksal heraus und wollte es stechen, auch wenn es ihr Ende wäre. Ja, sie würde in den Himmel stechen, wie man früher in See gestochen war. Wo sonst hätte sie ihre Klage vorbringen können, wo sonst sollte sie Rache nehmen?

Sie half Adam auf, schweigend gingen sie zurück. Er konnte kaum auftreten und hüpfte mit angewinkeltem Bein neben ihr her, auf ihre Schulter gestützt, die Augen auf den Boden gerichtet, aufs Gras, um nicht noch einmal in etwas hineinzutreten. Sie hatte ihm den Arm umgelegt und hielt ihn, es war ihre erste Umarmung.

IMMER WIEDER überfiel Hella ein Gedanke, der sie jedesmal aufs neue zusammenfahren ließ: Mitten am Tag, in einem der freundlichen, mühsamen Gespräche mit irgendeinem dieser fremden Menschen, ganz gleich, ob Mann oder Frau, jung oder alt, anziehend oder nicht, überkam sie aus dem Nichts heraus der Wunsch, den anderen auf den Mund zu küssen. Mit Adam geschah das fast täglich, aber auch bei Maya Ivanova, die seit ihrem nächtlichen Schwitzbaderlebnis ohnehin keine Gelegenheit ausließ, sie zu berühren, und selbst bei Pador, bei Doktor Nyam, trotz seines Backenbarts auch bei Belgar, bei all den kleinen Begegnungen des Tages. Sie stand da, erstarrt, während ihr Gegenüber zu sprechen fortfuhr, und war unfähig, weiter seiner Rede zu folgen, vor Anstrengung, dem Impuls nicht nachzugeben. Sie starrte auf diesen Mund, was den Anschein erwecken mochte, sie achte auf die Worte, die er bildete, dabei sah sie nur die Lippen sich bewegen, sah ihren Verlauf, wie sie aus den Senken der Mundwinkel hervortraten, breiter wurden und sich auf und ab schwangen, mal voller, mal schmal, sie sah das Glänzen, wenn sich die Lippen ihres Gegenübers öffneten, sie sah die Dunkelheit darin, und war überrascht, wie schön jeder dieser Münder war. Sie konnte nicht anders, als sich vorzustellen, wie sie sich anfühlten, als genügte ihr das Zusehen nicht länger. Jeder dieser Anfälle dauerte nur Momente. Aber es riß sie heraus, nicht nur, weil sie selbst darüber erschrak. Es waren ganz und gar unwirkliche Augenblicke, ein solch ungestümes Verlangen kannte sie nicht. Sie sagte sich, es habe nichts mit Lust zu tun, vielleicht stecke dahinter der heimliche Wunsch, all diese Menschen zum Schweigen zu bringen, die zehrenden Gespräche zu unterbrechen, die ihr so viel Aufmerksamkeit abverlangten. Und vielleicht, sagte sie zu Adam, dem sie eines Abends doch davon erzählte, zeigte sich in diesem Verlangen, worum es sich bei der Bewegung des Küssens in Wirklichkeit handelte. Ein Saugen, ein Festsaugen, der Versuch, sich zu verankern, an wem auch immer. Er lachte, als sie das sagte, es schien ihn zu freuen.

Hella erinnerte sich, wie Tobi einmal von der Schule nach Hause gekommen war. Sie hatten einen neuen Lehrer, der eine Astronomie-AG anbot. Als Tobi beim Mittagessen fragte, ob es wirklich unendlich viele Zahlen gebe, war ihr die Antwort leicht gefallen. Er solle sich einfach vorstellen, es gäbe eine größte, und eins hinzuzählen. Aber als er fragte, ob das Weltall ein Ende habe, hatte sie Mühe gehabt, eine Antwort zu finden. Natürlich hätte sie sagen können, es sei das gleiche wie mit den Zahlen. Für jeden Punkt im Raum tue man sich mit der Vorstellung, es gehe einfach so weiter, leichter als mit der Idee eines Randes, einer Mauer, einer Umgrenzung – und was hätte auf diese auch folgen sollen? Nur: Die Zahlen wirkten selbstgemacht. Sie waren konstruiert, eine solche Unendlichkeit ließ sich ertragen. Der Raum war der Ort unseres Daseins, zumindest Teile davon, darin lebten wir. Das verführte zu der Vorstellung, wir könnten zumindest in der Theorie bis an seine Ränder gelangen. Aber je weiter Hella sich in Gedanken diesen Rändern zu nähern versuchte, desto schwindeliger wurde ihr. Warum hatte sie seit Jahren nicht mehr über so etwas nachgedacht? Von dem Moment an, da man merkte, daß die Unmöglichkeit einer Antwort bedrohlich werden konnte, vermied man bereits die Frage.

Also hatte sie Tobi am Ende einfach in die Arme genommen (oder sich in seine) und geflüstert, man wisse es nicht, dafür seien sie eben viel zu klein. Sie hatte sich an alte

Stiche erinnert, an die Vorstellung einer Scheibe mit äthergefüllten, klingenden Sphären, an denen fest und sicher die Planeten hingen, was ja ebenfalls nur ein Modell gewesen war, eine mögliche Antwort, die auch schon Fragen offen gelassen hatte, nur daß es andere, nähere waren. Und auf einmal hatte sie sich ausgemalt, es sei wirklich so, sie stünden fest, und jeden Morgen gehe wirklich die Sonne auf und ziehe ihren Bogen über die Himmelskuppel, und über ihr spanne sich das Firmament mit allen Lichtern der Nacht, und sie sah sich selbst unter diesem Himmel, wie in einer der gläsernen, wassergefüllten Halbkugeln, die man schütteln konnte, bis Schnee darin fiel, und wie sie sich darin sah mit ihrem Jungen im Arm wie hinter Glas, mit all dem Wasser und den ersten fallenden Flocken, war sie sich schön erschienen oder zumindest aufgehoben, enthalten und geborgen.

EIN ANDERER GEDANKE, der Hella nun manchmal morgens im Halbschlaf überfiel, ohne daß es ihr gelang, sich dagegen zu wehren, war die Vorstellung, bei ihrem Erwachen sei die Zeit stehengeblieben. Nur sie allein könne sich in diesem Stillstand bewegen, alles andere aber verharre wie erstarrt. Und tatsächlich blieben, wenn sie die Augen öffnete, die Gegenstände in ihrem Zimmer unbeweglich und erfroren und gaben ihr recht. Selbst die Fliege, deren unablässige Erkundungen sie abends nicht zur Ruhe hatten kommen lassen, lag nun unter dem Nachttischlämpchen wie in einem tiefen Schlaf. Sie stellte sich Maya Ivanova vor, die drüben in der Küche schon dabei sein mußte, das Frühstück vorzubereiten, wie sie mitten im Gähnen mit erhobenen Armen erstarrte, und es sah aus, als ergebe sie sich mit weit aufgerissenem Mund einem Feind, der selbst unsichtbar blieb. Nur das Feuer im Herd war zu sehen, auch das von einem gewaltigen Schlaf übermannt.

Erst wenn Hella in ihre Decke gewickelt hinaustrat ans Geländer der Galerie, von wo im Osten die Wolkenbänder zu sehen waren, die sich schwarz und still vor der ersten Helligkeit auseinanderzogen, hörte sie das Rascheln der Amsel im Gebälk des Dachvorsprungs und wußte, sie war nicht allein. Mit diesem Wissen zog sie sich an und begann ihren Tag.

Das Unbehagen blieb, wenn sie durchs Fenster die anderen zum Speisesaal ziehen sah, allein oder in kleinen, schweigenden Gruppen. Bald würde über der Steppe die Sonne aufgehen, es würde wärmer werden, sie alle besorgten ihr Tagwerk, der Abend käme, die Dämmerung. Was immer sich da bewegen mochte, die Zeit war es nicht.

Dann erwachte die Amsel zur Gänze und erhob vor der Zimmertür ihren Gesang, sie zwitscherte und jubilierte, als sei eben der jüngste Tag angebrochen. Es war ein Fest, das sie veranstaltete, aber sie tat es jeden Morgen aufs neue, und Hella konnte ihr nicht länger glauben. Der Gesang erinnerte sie an Kuckucksuhren, deren Türchen sich jede Stunde öffneten, um ein bemaltes Stück Holz hervorschießen zu lassen, das bei allem Schauspiel doch unbeweglich und starr blieb. Sie alle hier waren Gefangene jenseits der Zeit oder zurückgerutscht vor ihren Beginn. Nichts tat sich, alles wartete nur, und was immer geschehen mochte, es blieb ohne Bedeutung, wie die Luft, die sie einatmeten und wieder herausließen, ohne Berührung.

Allmählich wurde es kälter, und auch die Zeichen des endenden Sommers konnten Hella nicht überzeugen, daß sich etwas rührte. Pador ging nicht mehr ohne seine türkisfarbene Skimütze aus dem Haus, die sein Gesicht noch kleiner machte. An den Eßkastanienbäumen, die den See umstanden, zeigten sich hellgrüne Kugeln mit dünnen, weichen Stacheln. Man konnte ihnen beim Wachsen zusehen, paarweise oder in Klumpen hingen sie in den Ästen wie unreife Morgensterne. Einmal, als Hella noch im Frühnebel dort vorbeikam, auf dem Weg zu einer als »Übung« angekündigten Stunde, in der sie sich auf die Schwerelosigkeit vorbereiten sollte, standen die Küchenhilfen Petra und Susa mit Eimern in den Händen unter den Bäumen, der Boden um sie herum war übersät mit Zweigen und Blattwerk, dazwischen kauerte ihre Vorgesetzte Maya Ivanova, verschwitzt wie von der Jagd, die Hände auf die Oberschenkel gestützt. Den Kopf im Nacken, starrte sie hinauf, und hob, als sie zu Atem gekommen war, den Knüppel in ihrer Rechten, zählte schnaufend hinunter – üsch, eki, bir – und holte bei Null weit aus, um den Ast mit einer solchen Wucht und einem so hilflos verzerrten Gesicht hinaufzuwerfen, als wünschte sie, er möge niemals wieder zurückkehren. Es gab einen Schlag, und schon prasselte um Maya Ivanova, die nun die Hände schützend über sich hielt, ein Hagelschauer aus Zweigen und Geäst nieder, auch ihr Wurfstock kehrte zurück und verfehlte sie nur knapp, aber dann lagen vier, fünf der stacheligen Bälle neben ihr im Gras. Rasch liefen Petra und Susa herbei, sie aufzusammeln, während um sie herum noch Blattfetzen herabsegelten. Hella lief weiter, bevor Maya Ivanova sie in eines ihrer wortlosen Gespräche verwickelte, doch tatsächlich war nach dem Mittagessen jedes Schälchen Sauermilch mit einem kleinen Schlag dunkler, süßer Maronencreme verziert.

»Es heißt doch, das Universum breite sich aus, immer weiter, seit Milliarden von Jahren.«

Adam schwieg. Nach der letzten Stunde ihres Tagesplans hatte er vor der Tür gestanden und vorgeschlagen, vor dem Abendessen noch ein Stück mit ihm zu gehen, und sie hatte ja gesagt. Nun liefen sie hinüber zu den kleinen Feldern, wo Maya Ivanova ihr Gemüse anbaute. Er hatte gefragt, was sie heute gelernt habe. Trotz des Abendwindes waren sie ohne Jacken unterwegs. Hella rieb sich die nackten Arme.

Und irgendwann einmal, fuhr sie fort, werde es auch wieder in sich zusammenfallen, in der gleichen, rasenden Geschwindigkeit, auch wenn von der an jedem einzelnen Ort nichts zu bemerken sei. Sie sah zu ihm hin, aber er schritt unbeirrt vor ihr her, den Kopf gesenkt. Mit zwei schnellen Schritten schloß sie zu ihm auf. Was er dazu sage?

»Nichts. Es stimmt, so wird es uns beigebracht.« Er machte eine Pause, bevor er mit einem Seitenblick zu ihr fragte: »Also?«

»Und dann?«

»Weiter läßt sich nicht denken.« Aus dem Kartoffelfeld stob ein Fasanenpaar auf und flatterte flach über dem Boden davon. Sie sahen den beiden Vögeln nach, die so viel schneller waren als sie selbst. Hella war es, die weitersprach.

»Heute ist mir was eingefallen. Auf halbem Wege zurück kommt das Universum doch wieder bei uns vorbei. Nur daß dann alles verkehrt herum geschieht. Es wird aussehen wie in den rückwärts gezeigten Filmen von früher, die Wasserpfütze, die in die Luft springt, wo der Gartenschlauch sie aufsaugt. Die Scherben, die sich zum Glas zusammenfügen und in die Hand des Kindes hüpfen. Wir löffeln den eben noch zerkauten Bissen aus dem Mund und sehen staunend zu, wie er sich auf dem Teller mit dem Tortenstück vereint.«

»Nur daß wir eben nicht staunen werden. Das ist dann die gewohnte Reihenfolge.« Adam hielt plötzlich an und machte einen Schritt zurück, Hella konnte ihm gerade noch ausweichen. Er lief ein Stück so weiter, mit den Füßen eigentümlich rückwärts stakend wie ein Stelzvogel, mit ruckendem Kopf, es sollte wohl lustig sein. Dann blieb er stehen.

»Sonne und Mond gehen ohnehin weiter auf und unter wie jetzt. Denen ist es gleich, ob das vorwärts oder rückwärts geschieht.« Er sah zu ihr hin.

Hella hatte sich nicht gerührt, als er an ihr vorbeistolziert war. Jetzt rief sie ihm zu:

»Und wir? Wo werden wir uns dann zum ersten Mal begegnen? Hast du dich das schon mal gefragt?«

Langsam hob Adam die Schultern und ließ sie ebenso langsam wieder sinken. Ob rückwärts oder nicht, es ließ sich beim besten Willen nicht erkennen.

Die Tage verstrichen weiter ohne Spur. Es war wie ein langer Advent, das Erstarren in der Andacht, das Harren auf ein Ereignis, das einfach nicht näherrücken wollte. Hella erinnerte sich an Vorweihnachtswochen zu Hause, die Vorstellung, die man sich vom Lichterglanz des Festes machte, überstrahlte jede einzelne Kerze, die Sonntag für Sonntag hinzukam. Es war ein Leben in der Erwartung. Sie erinnerte sich an Nachmittage in der Küche, wenn es draußen hinter dem Fenster längst zu dämmern begann, die Großmutter rollte auf dem mehlbestreuten Küchentisch ihren Teig aus, und Hella durfte Plätzchen stechen, Herzen, Engel, geschweifte Sterne. Wenn die ganze Fläche des Teiges gestanzt war, löste Hella vorsichtig das Netz der überschüssigen Ränder und knetete sie zu einer Kugel zusammen. Und immer, wenn die Großmutter den übriggebliebenen Teig von neuem ausrollte, der von all dem Mehl immer fester und trockener wurde, glaubte Hella, nun sei es das letzte Mal. Aber immer blieb noch etwas übrig, von Runde zu Runde wurde es weniger, aber dann ließ es sich doch wieder ausrollen zu einem immer kleineren Kreis. So ging es weiter, längst war die Küche vom süßen Geruch nach Anis und Zimt erfüllt, längst kühlten auf jeder freien Fläche die Plätzchen aus. Und gerade wenn Hella sich endlich zu der Einsicht durchgerungen hatte, das Spiel aus Ausrollen und neuem Zusammenkneten müsse auf ewig so weitergehen, denn es bliebe ja jedesmal wieder ein Rest, nahm auf einmal die Großmutter die letzte, gezackte Umrandung eines Tannenbaums, drückte den übrigen Teig zu einem Klumpen zusammen und steckte ihn ihr in den Mund.

Es war an einem dieser Tage, Hella ging eben hinüber zum Speisesaal, um sich von einer der Frauen Milch für ihren

Tee geben zu lassen, als sie hinter sich schnelle Schritte näherkommen hörte. Sie wandte sich um und sah einen jungen Mann vor sich stehen, groß und atemlos, der ihr noch nie aufgefallen war. Mit dem Handballen wischte er sich über die vom Laufen feucht gewordene Stirn, so daß seine Haare in einem klebrigen Seitenscheitel zu liegen kamen. Er trug einen schmal geschnittenen Anzug, dessen stumpfes Graubraun Hella an Baumrinde erinnerte. Noch immer nach Luft ringend stieß er hervor, er sei Leo Botrok, der Gehilfe des Direktors.

»Ich dachte, das sei Adam?«

»Jaroslaw ist das Mädchen für alles hier, er kümmert sich um Sie. Ich war verreist. Mit dem Direktor.«

»Ich erinnere mich. Er hat Vorträge gehalten.«

»Ja, eine wichtige Reise. Wir mußten länger bleiben. Wie froh er ist, wieder hier zu sein. Er hat die Sonne vermißt, so hell leuchtet sie nur hier.«

»Wie kann ich Ihnen helfen?«

»Ich wollte Sie bitten, den heutigen Plan auszutauschen.«

Fast atmete er ihr ins Gesicht. Er reichte ihr einen Umschlag, der aussah wie die anderen, im gleichen, ausgeblichenen Grün, nur an der Stelle, wo er ihn zwischen den Fingern gehalten hatte, war das Papier feucht geworden.

Sie nahm den Brief und wollte sich zum Gehen wenden, aber als er vor ihr stehenblieb, fuhr sie mit dem kleinen Finger in den Schlitz am Rande der verschlossenen Umschlaglasche und riß das Kuvert in einer einzigen Bewegung auf. Der Bogen, den sie hervorzog, sah nicht anders aus als all die Blätter, die sie jeden Abend auf ihrem Bett fand, und auch die Angaben des Tagesplans schienen ihr identisch zu denen, die sie am Vorabend gefunden hatte. Am

Nachmittag sollte sie noch einmal zur medizinischen Abteilung gehen, um sich Blut abnehmen zu lassen, und gerade als der andere sich wie aus Neugier mit über das Papier beugte, fiel ihr auf, daß am Ende des Tages der Eintrag »Nachtruhe« verschoben war. Davor war eine neue Zeile eingefügt: »Visite in der Direktion«. Darum also ging es. Leo Botrok murmelte: »Es ist sehr selten, daß er bei sich empfängt.« Sie sah ihn an. »Sagen Sie ihm, daß ich die Einladung gern annehme.«

»SIE HABEN in diesen Tagen«, sagte der Direktor und unterbrach sich sogleich, um in den leeren Himmel seines Arbeitszimmers zu fragen, »oder sollten daraus bereits Wochen geworden sein?«, worauf er in seiner Rede fortfuhr, auch wenn sein Blick weiter über die Fugen der Zimmerdecke strich und nur in den Pausen am Ende seiner Sätze zu ihr hinabsank, um sich erst, wenn er im letzten Moment dem Augenkontakt durch einen einzelnen, müden Schlag seiner Lider ausgewichen war, wieder zu heben, »nun, seit Ihrer Ankunft hier haben Sie vieles gesehen, erfahren und gelernt. Es steht mir zu, das zu behaupten, ich habe das Programm Ihres Aufenthalts entwickelt. In jedem Moment war mir bewußt, was Sie taten, auch wenn ich selbst verhindert war, Sie dabei zu begleiten.« Er strich seine dunklen, glänzenden Haare zur Seite. Die Ringe unter seinen aufgequollenen Augen waren tief und angefüllt mit lähmender Erschöpfung. Er war kein schöner Mann. Tatsächlich schien es ein ziemlich offizieller Termin zu sein, den sie da wahrnahm, der Direktor jedenfalls wirkte befangen. Vielleicht war er auch nur gerührt. »Nun rückt der Tag der Weiterreise näher: Zur Stunde schon ist die Rakete auf dem Wege zu uns. Die Menschen hier warten, das merken Sie. Es ist eine Unruhe über die Station gekommen. Selbst ich warte, noch immer, nach all den Jahren. Und vielleicht warten auch Sie, obwohl es nicht den Anschein macht. Aus Ihnen ist keiner recht schlau geworden. Sie haben, wie mir berichtet wurde, die Vorbereitungen mit Gleichmut ertragen. Womöglich haben Sie gespürt, daß manches, was vor solch einem Start veranstaltet wird, eher ein Entgegenkommen an die Erwartungen der Besatzung ist als an die Bedürfnisse der Technik. Das kann ich Ihnen heute sagen, auch wenn es Sie verwirren mag. Sehen Sie, wie in anderen Bereichen wurden auch auf dem Felde der Raumfahrt in den letzten Jahren Fortschritte in solchem Ausmaß erzielt, daß die heutigen Fahrten kaum noch etwas mit den Missionen der Anfangsjahre gemein haben. Natürlich bleibt eine Handvoll grundsätzlicher Gefahren – ich zähle auf«, er hielt seine linke Faust in die Luft und hob nun bei jeder Nennung mit dem Zeigefinger der Rechten einen Finger nach dem anderen empor, wobei er auf diese seltsame Weise, die Hella hier schon aufgefallen war, mit dem kleinen Finger begann, »zunächst die Beschleunigung des Starts, an zweiter Stelle die Schwerelosigkeit, als drittes die lebensfeindliche Umgebung des Weltraums, und schließlich viertens das schwer faßbare Gefühl einer Entfernung von der Erde, das die meisten Raumfahrer bei ihrer Rückkehr als eine Art Abnabelung beschreiben«, nun streckte er vier dickliche Finger in die Luft, durch deren Lücken er sie ansah, den Daumen hinter der Handfläche verborgen wie ein Zauberer. Hinter dem Gitter seiner Finger sah er aus, als habe man ihn weggesperrt, womöglich nicht ohne Grund. »Aber verglichen mit dem Respekt der Pionierzeit stehen wir dem Ganzen um vieles gelassener gegenüber, das werden Sie festgestellt haben. Die Techniker ziehen gerade bei außergewöhnlichen Neuerungen anfangs ein paar Sicherheitsnetze ein, von denen man sich nach und nach verabschieden kann. Ich selbst bin es gewesen, der schon im Jahr meines Amtsantritts die Parabolflüge eingestellt hat. Wir haben entschieden, daß einem durchschnittlich gesunden Menschen die Belastungen der Raumfahrt zuzumuten sind, das hat das Bild des Kosmonauten entschieden verändert. Ein langer Weg, an seinem Ende stehen nun Sie. Ich will nicht verschweigen, daß es ein Risiko gibt, aber das wird durch die Vorbereitung nicht geringer. Nehmen Sie es als Teil des Spiels, der Ausblick von dort oben wird Sie für manches entschädigen. Ich glaube nicht an das Konzept des unbeschwerten Helden, wie es manche meiner Kollegen fordern. Warum soll man Ihnen einreden, es bestehe kein Risiko dabei? Mag sein, daß es leichter wäre, womöglich für beide Seiten, aber am Ende sind Sie doch auch nur ein Mensch, wissenshungrig, wissensmächtig. Lassen wir uns doch unsere Würde. Sie ist uns zuzumuten. Wie die Wahrheit, selbst wenn sie uns ängstlich macht, oder befangen oder gelähmt. Und wenn schon? Jeder einzelne meiner Leute kennt den gesamten Plan. Ob es ihn bremst? Soll mir recht sein, es geht ohnehin alles viel zu schnell. Ich bin gegen die Ignoranz. Es gibt keine Geheimnisse. Jeder soll wissen, was ihn erwartet. Das heißt anders herum aber auch: Dahinter ist nichts, kein Plan B, kein Hintergedanke, keine Ausflucht, keine Überraschungen. Wir wissen nicht, was kommt. Meine Hände sind leer.« Wieder hob er seine Hand in die Luft und drehte die offene Fläche zu ihr hin. Sie war tatsächlich leer. Allerdings waren es nun fünf Finger.

IV ZEIGEFINGER

AM ANFANG war es nichts als ein leises Pfeifen, das sie hörten. Es hätte ein Windhauch sein können, so leicht wurde es von jeder Bewegung der Luft herangetragen und wieder unterbrochen, daß man meinen konnte, es sich nur einzubilden, aber es blieb und war endlich unüberhörbar. Sie standen in kleinen Gruppen am Rande der Trasse, noch war es dunkel, und es war kalt.

Adam hatte es als erster gehört oder zumindest hatte er vorgegeben, etwas zu hören, er hatte die Hand gehoben, und alle, die ihn sehen konnten, waren verstummt. Hella hielt für einen Moment die Luft an, so daß ihr Gesichtsfeld, in dem eben noch der Wasserdampf ihres Atems zu einer kleinen Wolke kondensiert war, leer blieb, ein Loch, durch das sie das Gleisbett schimmern sah.

Sie waren alle da, mittlerweile kannte sie jeden von ihnen, auch wenn hinter den hochgeschlagenen Kragen mancher nicht gleich zu erkennen war. Ihr gegenüber stand Belgar, der Meteorologe, in dicken Stiefeln, als gehe er auf Exkursion, neben ihm kauerte der Ballistiker Shams unter einer Art Poncho, aus dem nur Arme und Gesicht heraussahen, und rieb die nackten Fäuste aneinander, selbst die beiden Ärzte waren gekommen, zum ersten Mal nicht in ihren Kitteln, als hätten sie sich getarnt, und Frau Gospodina, wieder im Rollstuhl, in Decken gewickelt. Manche von ihnen hatten steife Mützen aufgesetzt wie Spaziergänger am Ufer eines zugefrorenen Kanals.

Sie sahen fremd aus, wie sie so vermummt beieinanderstanden, auf eine Art zusammengehörig, die sich in all den Wochen nicht gezeigt hatte. Hella waren sie immer wie Einzelwesen erschienen, an denen zuallererst die Eigenheiten auffielen und nicht das Verbindende. Nach und nach hatte sich in ihrem Kopf ein Geflecht aus Beziehungen geknüpft, aber es hatte sich nicht zu einem Netz zusammengezogen, als wenn immer dann, wenn der Fotograf den Auslöser fürs Gruppenbild betätigte, im letzten Moment noch jemand zur Seite sprang, den Kopf hinter seinem Vordermann versteckte oder eine kleine, verstörende Grimasse zog.

Nun standen sie hier, auf beiden Seiten der Gleise einander gegenüber, wie herausgeputzt zu einer festlichen Gelegenheit, nur daß es keine Abendgarderobe war, die sie angelegt hatten, sondern Wintermäntel, ein grober, gegen die Kälte des frühen Morgens gerichteter Schutz. Vor Jahren hatte Hella mit der Berufsschule einen Tagesausflug ins Umland gemacht, der an einem Stausee endete. Ein Sommertag, der Abschluß ihres Schuljahres, und als sie das steinige Ufer erreicht hatten, begannen sie alle, sich langsam auszuziehen. Menschen, die sie nur aus ihrem Klassenzimmer kannte, hinter Tischen verborgen, mit aufgestütztem Kinn ins Leere starrend, streiften nun ihre Kleider ab, legten sie zu kleinen Häufchen auf den Felsen zusammen und gingen einer neben dem anderen hinunter zum Wasser. Ohne sich anzuschauen waren sie über die Kanten balanciert, ungelenk und in der fremden, weißen Haut wie verkleidet. Niemand von ihnen sprach. Als sie das Ufer erreicht hatten, waren sie nacheinander ins Wasser getaucht, ohne einen Laut, so kalt es auch war. So unerklärlich verbunden kam sie sich jetzt wieder vor, aller Kleidung zum Trotz und obwohl die Menschen um sie herum längst wieder ihre Gespräche aufgenommen hatten, leiser als zuvor, mit zur Seite gewandten Gesichtern.

Sie schauten in die Richtung, aus der sie den Transport erwarteten.

Das Pfeifen war unterdessen lauter geworden, und jetzt erkannte Hella, daß es tatsächlich nichts als der Wind war, der sich im Stahlgerüst der Masten verfing. Es schien den Tag nach Bewegung zu verlangen, womöglich waren es nur die Ausläufer eines fernen Sturmes, von Orten, an denen die Sonne längst aufgegangen war. Aber auch hier sammelte sich eine graue Helligkeit, noch konnte sie den Gegenständen keine Farbe geben, aber Konturen und Gestalt. Und als der Blick im zunehmenden Licht nun weiter schweifte, sah dieser Kreis, so eng er auch zusammenstand, verloren aus in der fernen, glatten Fläche, die nur durchschnitten wurde vom steinigen Gleisbett, in dem sich das Grau des Himmels spiegelte.

Adam sah sie von der Seite an, er hatte den ganzen Morgen über nichts gesagt.

»Was ist?« fragte Hella.

»Ich schaue nur.«

»Du schaust doch nicht. Du seufzt ja mit Blicken.«

Adam griff nach seiner Kapuze und schob sie zurück, Hella sah, daß er die Augen dabei schloß. Jemand rief ihren Namen, es war Pador, der auf der anderen Seite der Gleise stand und die Schienen entlang zeigte, dorthin, wo es nun unübersehbar heller wurde. Er rief noch etwas und lachte und wedelte mit den Händen durch die Luft, aber was er sagte, blieb in dem roten Schal hängen, den er sich umgebunden hatte. Hella sah in die Richtung, in die er zeigte, doch es war nichts zu erkennen. Sie warf fragend die Hände in die Luft, aber Pador hatte sich schon wieder abgewandt und sprach weiter auf eine Gruppe ein, die bei ihm stand.

Hella klopfte Adam auf die Schulter, auch wenn sich die Geste in den Schichten seiner Kleidung verlieren mochte, und ging zwischen den anderen hindurch zum Rand des kleinen Bahndammes. Der Schotter knirschte, als sie zu den Schienen hinaufstieg. Den ganzen Morgen standen sie schon hier herum und warteten und waren dabei immer ehrfurchtsvoll abseits des Gleisbettes geblieben. Sie trat auf einen der Schienenstränge und fühlte durch die Sohlen, wie starr und glatt seine Oberfläche war, eine einzelne, langgezogene Stufe, und als sie dort oben stand und jetzt selbst den Wind spürte und so weit hinaufgehoben war in den blassen Himmel, streckte sie die Arme zur Seite wie eine Seiltänzerin, so daß den Untenstehenden gar nichts übrigblieb als zu johlen. Sie sah Belgar, wie er seine Zigarette in den Mund nahm, um in die Hände klatschen zu können, und Waldek steckte lachend die Finger zwischen die Lippen und pfiff. Also ließ sich Hella dazu hinreißen, den Oberkörper vorzubeugen und ein Bein in die Luft zu heben, bis sie ein Flugzeug war, ein Vogel oder auch nur ein jämmerliches Drehkreuz, das niemandem den Weg versperrte. Sie richtete sich auf, tänzelte auf Zehenspitzen ein paar Schritte, löste dann einen Fuß von der Schiene, machte einen weiten Schritt hinüber zur anderen und war gefangen in einem Spagat.

»Willst du denen den Weg versperren?« rief jemand von unten. »Oder sollen die unter deinen Beinen durch?« Sie waren dichter herangetreten und hatten offensichtlich ihren Spaß. Hella konnte nicht erkennen, wer da sprach, sie hatte zu viel damit zu tun, das Gleichgewicht zu halten. Den Oberkörper vorgebeugt, ruderte sie mit den Armen, um nicht von den Schienen springen zu müssen. Dann fing sie sich, holte Schwung, und ohne den Boden zu berühren setzte sie auch den zweiten Fuß auf die andere Seite. Ein wenig schwankte sie, doch sie hielt die Balance. Als sie ausreichend sicher stand, öffnete sie die Arme und machte einen vorsichtigen Knicks.

Die Menge tobte, sie trampelten mit den Füßen. Hella sah sich um, die Gesichter glänzten in der ersten stumpfen Farbe des Morgens. Wie sie sich freuten, daß ihnen warm wurde. Sie hatte sie so oft gesehen in dieser Zeit, mit all der Müdigkeit ihrer morgendlichen Treffen im Frühstückssaal, oder konzentriert, wenn sie bei der Arbeit waren, gelöst beim Zusammensitzen danach. Aber nie waren sie ihr so als Gemeinschaft erschienen wie nun, da sie mit glühenden Augen zu ihr heraufschauten, als wollten sie ihr ans Leder. Es war aus ihren Blicken nicht zu erkennen, ob Hella in diesem Spiel die Angebetete war oder das Opfer. Und wenn, dann würde sie nicht zum Opfer eines Angriffs, sie würde geopfert werden, wem auch immer. Sie war ihr goldenes Kalb, verehrt und gemieden. Die meisten von ihnen hatten in all der Zeit eine heimliche Vorsicht ihr gegenüber nicht ablegen können, eine Zurückhaltung im Blick, die bei allem Wohlwollen nicht verschwunden war. Hella ahnte, wie verwirrend es sein mußte, einen solchen Gast zu haben.

Vor ein paar Stunden, am späten Abend, als sie entschieden hatten, endlich heimzugehen, hatte Adam sie noch für einen Moment hinaufbegleitet. Wie immer waren sie auf der hölzernen Galerie stehengeblieben und hatten Ausschau gehalten nach den blinkenden Signalen an den Spitzen der Stahlgerüstmasten, nach den langsamen Bahnen der Satelliten, womöglich nach der Leuchtspur einer Sternschnuppe. Sie hatte Adam gefragt, was man auf der Station über sie rede, und er hatte geantwortet, am meisten mache ihnen wohl der Unterschied zu den anderen Kosmonauten zu schaffen. Jeder von ihnen habe ausgestrahlt, ein Ziel vor Augen zu haben, jeder wollte etwas erreichen, deshalb waren sie ja hier. Und ich?, hatte Hella gefragt. Bei dir ist es anders. Man merkt dir an, daß du nicht hin willst, sondern weg. Ist das so?, hatte sie gefragt, und Adam hatte geschwiegen und sich auf die hölzerne Brüstung gestützt, und erst nach einer ganzen Weile weitergesprochen: Die Leute glauben es jedenfalls, und vielleicht ist es das, was dich in ihren Augen unheimlich macht. Du bist für sie keine richtige Kosmonautin. Du bist eine von ihnen, aber eine, die fortgehen will. Das macht ihnen angst.

Unterdessen legte sich der Jubel, Hella trat von der Schiene hinunter ins Gleisbett und stand so da, auf einer der Bohlen zwischen den Schienensträngen. Wären sie Figuren in einem Indianerfilm, würde sie sich jetzt hinunterbeugen und ihr Ohr an die Schiene legen, um zu hören, was auf sie zukäme und wann. Aber es war ja kein Indianerfilm, es war, wie es aussah, nicht einmal ein Abenteuerstreifen, geschweige denn ein Weltraumepos. Wie sie dort stand, sah sich Hella am ehesten als Hauptdarstellerin eines Tierfilms, gefangen in willenlosem Totstellreflex, unter fortwährender Beobachtung, ohne daß etwas anderes zu vernehmen war als ein unablässiges, immergleiches Surren, das von Zikaden herrühren mochte oder vom Weiterdrehen der Filmspule. Sie wäre eines dieser Reptilien, ein Leguanweibchen, das tagelang auf einem von der Sonne aufgeheizten Stein sitzen konnte, auf den von allen Seiten Kameras gerichtet waren. Nur sie selber, die Heldin des Films, wüßte nichts von der Beobachtung, dabei wartete jeder am Set, daß sich endlich etwas rührte, jeder harrte der einen herbeigesehnten Bewegung, die den Auftakt gäbe zum angelegten Instinktverhalten aus Nahrungssuche, Fortpflanzung, Brutpflege, Überlebenswillen und Kampf, einer Abfolge vorgeprägter Muster, nur vom gelegentlichen Zucken blinder Übersprungshandlungen unterbrochen. Aber sie würde sich nicht rühren. Wenn es einen Ort gab, nach dem Hella sich sehnte, dann war es dieser Stein. Sie stellte ihn sich groß vor und rund und voll.

WIEDER WAR ES ADAM, der etwas entdeckte. Die ganze Zeit über hatte er sich im Hintergrund gehalten, vielleicht war ihm das Spektakel unangenehm, womöglich wollte er einfach nur achtgeben, daß sie das Herannahen des Transports nicht übersahen. Sein Ruf unterbrach die Stille, jeder verharrte gerade dort, wo er eben stand, und folgte mit den Augen seinem ausgestreckten Arm. Ganz hinten, wo die Gleise so eng zusammenliefen, daß es ein leichtes hätte sein müssen, auf beiden Strängen gleichzeitig zu stehen, kam etwas heran. Dunkel und scharf zeichnete es sich vor dem morgenroten Himmel ab, ein monströser Scherenschnitt, aber was wäre das für eine Schere gewesen, und wer hätte sie führen können? Es war ein Ungetüm, das wurde auch aus der Entfernung deutlich. Ohne den Untergrund aus Steinen und Gras, über dem es zu schweben schien, hätte man nicht einmal zu sagen gewußt, wo daran oben und unten war. Von weitem sah es aus wie ein Schiff, das ein Flugzeug geladen hatte, oder wie ein Flugzeug, das ein Schiff geladen hatte. Hier und da standen filigran ausgeschnittene Zacken ab, Fühler oder Stachel. Nichts deutete darauf hin, daß es sich bewegte.

In diesem Moment ging hinter dem Gefährt die Sonne auf. Irgend jemand klatschte Beifall und brach ab, als niemand reagierte. Rasch stieg die Sonne hinter dem Horizont hervor und weckte alles zum Leben, das flache, spröde Gras der Steppe, den Bahndamm, ihre Gesichter, die Farben ringsum, womöglich sogar das Ungetüm. Eben noch war sie mit dem Horizont verbunden, dann begann ihre Himmelfahrt, und ganz auf sich allein gestellt glitt die Sonne durch die dünne Luft, flirrend vor Ruhe, man konnte zusehen, wie sie stieg. Kaum daß sie ein Stück hinaufgetaucht war, änderte sich das Licht, das auf das

Monstrum fiel, es spiegelte sich auf seiner glatten, funkelnden Oberfläche.

Hella hatte sich nie gefragt, wie eine Rakete transportiert wurde, aber das einzige, was all die Fotografien verband, auf denen sie in ihrem Leben Raketen gesehen hatte, war die Tatsache, daß jede von ihnen nach oben wies, in den Himmel. Und nun, da sie zum ersten Mal eine echte Rakete zu sehen bekam, lag sie gestürzt auf der Seite. Sie hätte stark aussehen sollen, sie sollte ihre Kraft beweisen, und lag statt dessen da wie niedergestreckt.

Im Glanz des Gegenlichts sah sie nun, daß das Ungetüm rot war, es war eine rote Rakete, die sie bekam, und Hella wunderte sich, warum ihr das niemand gesagt hatte. Sie war auf technische Merkmale vorbereitet worden, auf Anziehungs- und Fliehkräfte, auf Beschleunigungen und Trägheit, und erst jetzt fiel ihr auf, daß von so Grundsätzlichem wie einer Farbe nie die Rede gewesen war. Wer immer sie ausgewählt hatte, Hella hätte ihm gerne gedankt.

Das Gefährt war jetzt herangekommen, mit einem gemächlichen Wink bedeutete der Lokführer Hella, die Schienen zu verlassen, wortlos gehorchte sie und stellte sich in die Reihe der anderen. So standen sie zu beiden Seiten der Gleise am Fuß des Bahndammes in einem Spalier beieinander und sahen schweigend zu, wie es an ihnen vorüberglitt.

Die Spitze war stumpf. In mattem Silber schimmerte ein kleiner Kegel, der an seinem vorderen Ende abgerundet war, was Hella wunderte, die sich die Spitze messerscharf vorgestellt hatte. Mit diesem ersten, äußersten Ende würde die Rakete doch alles teilen müssen, was ihr begegnete, die Dichte der Atmosphäre ebenso wie die

Leere des Alls, und nun wirkte sie seltsam ungefährlich und entschärft, ein stumpfer Pfeil, den man Kindern zum Indianerspielen gab, damit niemand sich daran verletzte. Der Kegel lief über in ein schmales Rohr, das in seiner Mitte von einem Kranz kleiner Düsen umgeben war wie die aus Federn aufgeworfene Halskrause eines Aasvogels. Dies war, hatte Hella gelernt, der Antrieb der Rettungsrakete, mit dem die Kapsel abgesprengt würde, falls beim Start etwas Unvorhergesehenes geschah. Sie hatten einfach vorn an die Rakete eine Miniaturausgabe ihrer selbst gesteckt, als sei den Ingenieuren keine andere Gestalt mehr eingefallen, und niemand konnte sagen, warum nicht auch an dieser wiederum eine noch kleinere befestigt sein sollte, für den Fall, daß auch hier etwas anders lief als geplant.

Am Ende der Rettungseinheit verbreiterte sich die Rakete auf einen Durchmesser von einigen Metern und wurde zu einer langen, ebenmäßigen Röhre, die nun, aus der Nähe, wie sie hier ganz allmählich an ihnen vorübergefahren wurde, endlos wirkte. Klein zeichnete sich für einen Augenblick das Oval der Einstiegsluke ab, als blasser, umlaufender Schatten, der den Zugang nur andeutete, der Bleistiftstrich eines Entwurfs, der die Position markierte, wo die Besatzung zusteigen sollte, eine Schnittstelle unter anderen, neben denen für Treibstoff, Ladung, Atemluft oder Elektrizität. Und auch wenn alle Blicke nun unweigerlich daran hängenblieben, am einzigen Detail, das einen Hinweis gab auf das Maß des Menschen, glitt auch dieses Stück ohne anzuhalten an ihnen vorbei, ungerührt, langsam und träge, ohne jedes Zögern oder Stocken, wie eine Gelegenheit, die niemand von ihnen ergriff. Gleichförmig schob die Rakete sich weiter, und nur die feinen Kanten, wo eines ihrer Segmente in das nächste überlief, die Farbabstufungen der einzelnen Platten, einige in Handschrift aufgetragene Buchstabenreihen, und manchmal nur noch die einzelnen, flirrenden Nietenreihen ließen erkennen, daß hier überhaupt etwas in Bewegung war. Es schien Hella undenkbar, daß man versuchen könnte, einen solchen Gegenstand aufzurichten, in die Höhe, in Richtung ihres Ziels.

Auf halbem Wege wurde der Rumpf der Rakete von zwei gewaltigen Armen gehalten, die erst stumpf aus dem Fahrwerk des Tiefladers herausstachen, sich weit zu den Seiten abspreizten und dann in einer kantigen Bewegung zurückliefen zu dem Körper zwischen ihnen, den sie mit zwei spitz abknickenden Händchen in die Zange nahmen, innig, unerbittlich, als hielten sie eine Beute umklammert. Und schon war auch dies still vorübergezogen, und sie sahen den hinteren Teil des Gefährts gemächlich herankommen (es geschah alles so langsam, sie hätte unter dem Waggon hindurchklettern können), wo die Triebwerke zu den Seiten abzweigten wie das mit dem Stamm verwachsene Wurzelwerk eines Urwaldbaumes, den man in tagelanger Arbeit gefällt hatte und nun langsam aus den Wäldern schleppte.

Von hier unten, aus dem Schatten, war nur ein einziges der Triebwerke zu sehen, und darüber, von diesem bereits halb verdeckt, eben noch die Kante eines zweiten, so daß es rundum vier oder gar fünf sein mochten. Dann war die Rakete schon an ihnen vorbei, tatsächlich öffnete sich dahinter wieder der Himmel und erleuchtete im Rückblick nun einen ganzen Kreis einzelner Düsen, die in der Sonne glitzerten wie Saugnäpfe an den Tentakeln eines Riesentintenfisches. Und so ruhig all dies auch geschah, wurden sie durch die Bewegung doch wie von einer Strömung erfaßt und hinauf auf den Bahndamm gezogen, wo von drüben schon diejenigen hinzustießen, die auf der anderen Seite gestanden hatten, und auch Adam war nun wieder bei ihr, sie griff nach seiner Hand, und schweigend stolperten sie den anderen hinterher über die Schwellen. Eine langsame, stockende Prozession, und nur von oben, aus großer Höhe, mochte ihr Zug aussehen wie der langgezogene Schweif einer unendlich gemächlich ihnen vorausfliegenden Rakete.

HELLA WAR NICHT DABEI, als die Rakete aufgerichtet wurde, sie hatte sich gleich nach dem morgendlichen Ausflug wieder hingelegt. Es war der erste Tag ohne Tagesplan, und die plötzliche Freiheit verwirrte sie. Als sie am späten Vormittag aus einem wilden Traum aufschreckte und hinaus auf die Galerie trat, stand die Rakete bereits auf der kleinen Anhöhe, die das Startfeld bildete. Sie überragte alles. Unter ihr erhoben sich zu den Seiten dürr und knochig die beiden Masten der Flutlichter und rahmten sie ein. Hella schloß die Augen.

Sie meinte zu sehen, wie der Schatten der Rakete ganz allmählich über die Station wanderte, er kroch über Rasenstücke und Beete, strich über Fahrwege, erklomm in einer plötzlich raschen Bewegung die Fassaden der Gebäude, brach sich in Fenstersimsen und auf Mauervorsprüngen und ließ alles, was er erreichte, um Nuancen dunkler zurück. Früher oder später würde der Schatten jeden einzelnen von ihnen erreichen, der aus der Tür getreten kam, und sei es nur, um zu einem klaren Gedanken zu finden.

Sie blinzelte und trat von der Brüstung zurück, sie lief die Stufen hinunter zur Erde und in den Garten, sprang über die niedrige Hecke, die das Grundstück umgab, sie wollte Adam sehen, auch wenn sie nicht wußte, wo er stecken mochte.

Pador kam ihr entgegen, sie fragte ihn, und er winkte sie lachend zum Startfeld hinüber, dort sei heute jeder. Also lief sie weiter auf die Rakete zu und fragte alle, die sie traf, Leo Botrok, Maya Ivanova, die ihr verriet, daß es zur Feier des Tages heute Gans geben werde, und selbst Frau Gospodina, und alle nickten nur, mit einem Strahlen in den Augen, wie betrunken vor Ausgelassenheit.

Hella kannte den Platz als leere, offene Höhlung, als Aussparung, die in diesen Wochen den einzigen Hinweis gegeben hatte, wo sich die Rakete einmal erheben würde. Der Ort war ihr unheimlich geblieben, sie hatte sich beim besten Willen nicht vorstellen können, daß dieses Loch eine Rakete aufnehmen würde. Dann traf sie Adam, über Unterlagen gebeugt, neben ihm stand Nyam, der wohl das Betanken überwachte, und auch Adam lachte, als er sie sah. Er nahm sie am Arm und führte sie eine schmale Treppe hinunter in einen Gang, durch den sie nach wenigen Schritten den Abgasschacht erreichten. Es waren nur wenige Meter, die sie von der Erdoberfläche trennten, aber hier war es dunkel und kühl. Adam wies hinauf, und Hella erkannte im Zwielicht über sich die silbrig schimmernden Öffnungen der Düsen. Adam erklärte, die Kammer diene dazu, die Anlage vor den Flammen zu schützen, in dieser Höhle würde sich beim Start das Feuer sammeln, bis die Rakete ihren Schub entwickelt hatte. Er sah sie an, sie hätte kaum die Farbe seiner Augen bestimmen können. Hella faßte seinen Arm und zog ihn zur Treppe zurück.

Dann standen sie abseits der Anlage, Adam schwieg, und Hella schwieg mit ihm. Sie hatten sich so oft gesehen in diesen Wochen, und doch hatten sie es bis heute verstanden, jedem ihrer Treffen den Anschein des Zufalls zu verleihen, immer hätte es sein können, daß sie sich einfach nur über den Weg gelaufen waren, und es stimmte ja auch, sie waren sich einfach über den Weg gelaufen, jedesmal, auch wenn sie die Wege zueinander mehr und mehr gesucht hatten. Aber nun, da sie so still voreinander standen, kam es Hella vor, als sähen sie sich zum ersten Mal.

Es war eine Sorge in sein Gesicht getreten, er sah über ihre Schulter hinweg, mit vorgeschobenem Kinn, die Augenbrauen zusammengezogen, bekümmert, und für einen Moment konnte sie sich vorstellen, wie er als

Kind ausgesehen hatte. Sie hätte ihn gern berührt, doch Berührungen waren in dem seltsamen Verhältnis, das sie miteinander verband, nicht vorgesehen. (Aber hatten sie einander heute morgen, im Gefolge der Rakete, nicht an der Hand gehalten? Es gab eine Erinnerung in ihrem Kopf, die zur Seite sprang, je stärker Hella versuchte, sich darauf zu besinnen. Von Tobi hatte sie gelernt, daß schwache Sterne verschwanden, wenn man geradewegs darauf starrte. Um sie zu erkennen, war es nötig, den Blick ein wenig daneben zu richten, dann tauchten sie mit einem Mal auf, als helles Wölkchen am Rande des Gesichtsfelds. Am Ende war es alles eine Frage optischer Phänomene, eine Frage von Linsen, Brennweiten, Stäbchen und Zapfen.)

Endlich fragte sie, ob sie mit zu ihm kommen könne, und er nickte. Oder hatte sie gefragt, ob sie noch etwas für ihn tun könne? Oder, auch das schien ihr möglich, ob er noch etwas tun könne für sie? Es ließ sich schon Momente später nicht mehr mit Sicherheit sagen. Auf jeden Fall aber hatte er zur Antwort genickt, und sie hatten sich schweigend auf den Weg gemacht zu ihrem Zimmer. Hella hatte zusammengepackt, was sie besaß, die Stiefel hatte Adam genommen und sich am Ende noch ihren silbernen Anzug über die Schulter gelegt, so waren sie hinübergegangen zu seiner Wohnung.

ES WAR NOCH DUNKEL, als sie erwachte. Sie lag in Adams Armen und blieb so liegen, ohne sich zu regen oder die Augen zu öffnen. Es war warm an seiner Seite, sie fühlte, wo sie ihn berührte, seine Haut, die Härchen auf seiner Brust, mit der Schläfe lag sie auf seinem Oberarm wie auf einem festen, weichen Kissen, sie spürte das rauhe Laken. Alles roch nach ihm, ein Geruch von Erde, von kaltem Tee und Bärlauch, den sie mochte, er schien sich in seiner Armbeuge zu sammeln. Sie spürte sich selbst, wie sie hier lag, alles war wieder da, als hätte er sie zusammengesetzt mit seinen Berührungen, sie hatte ihm das Bündel ihrer selbst hingeworfen, all die Teile, die ihr längst nicht mehr zueinander zu passen schienen. So waren manchmal die Kunden zu ihr in die Orthopädiewerkstatt gekommen, erschrocken und verschämt, und hatten an sich gezerrt und dann einen Finger oder ein Bein vor sie auf den Tisch gelegt mit fragendem Blick, und sie hatte die Stücke aufgenommen und geschaut, was sich machen ließe, während sie vor ihr standen, auf ihre Krücken gestützt oder mit der verbliebenen Hand einen Stumpf umfassend, und so hatte sie selbst es vor ein paar Stunden auch getan und ihm ihren ganzen Körper hingeworfen dort auf dem kleinen Teppich in seinem Zimmer, mit dem Blumenmuster und den Sternen, zwischen denen sie auf dem Bauch gelegen hatte und fror, das Gesicht in den Teppichschlingen verborgen, und er hatte sich jeden Körperteil vorgenommen, als sei er all dem schon einmal begegnet und erkenne es nun wieder, ihre Füße mit dem kleinen Überbein, die Kniekehlen, ihren Rücken, auf den er Muster zeichnete, die zu entziffern ihr nicht gelang, wenn denn überhaupt eine Botschaft darin enthalten war, und ihren Nacken und um den Hals herum bis hinunter an ihre Kehle. Sie drehte sich um. Er hatte über ihr Gesicht gepustet und war dabei so dicht herangekommen, daß es dunkler wurde unter ihren geschlossenen Lidern und sie die Wärme ihres eigenen Atems spüren konnte, der zwischen ihren Gesichtern hängen blieb. Ihre Nasen waren gegeneinander gestoßen, so daß sie mit geschlossenen Augen hatte lächeln müssen und er wohl auch. Er war hinuntergeglitten, zu ihren Schlüsselbeinen und zu ihrer Brust, sie hatte sich atmen gehört, sie hatte längst nicht mehr gewußt, ob man von außen sehen könnte, daß sie sich ihm entgegenstreckte, und dann war er mit den Fingern die Arme entlanggefahren bis hinaus zu den Händen, zu ihren kleinen Händen.

Sie hatte die Augen aufgeschlagen und gesehen, wie er sie ansah, und gemerkt, daß sie ihn ein wenig vergessen hatte vor Aufregung, und aus Erleichterung über das Wiedersehen fuhr sie auf, ihn zu umarmen und stieß ihn dabei um und ließ ihn, wie er so dalag, gleich liegen, um ihn nun ihrerseits zu erkunden. Sie strich ihm über die Haut, zählte ungläubig seine Finger, seine Hände, die Schultern, Rippen, den Bauchnabel und fand alles in rechter Ordnung. Sie fuhr seinen ganzen Körper nach und sah ihn nicht an dabei, erst viel, viel später hatten sie beide einmal die Augen geöffnet, sie hatten sich angesehen wie zwei Läufer, die auf einem schmalen Weg aufeinander zu rennen, im Näherkommen schauen sie zum anderen hinüber, schamlos, schutzlos, verschwitzt, ohne eine einzige Frage, der leere Blick begegnet einem anderen leeren Blick, mit offenstehendem Mund ringen sie nach Luft. Noch immer schmeckte sie die Küsse, die sie sich gegeben hatten.

So lag sie jetzt da und fragte sich, was das für ein Abschied war. Warum verbrachte man so viele Stunden miteinander und tat, als würde einem das alles einfach geschehen?

Woher rührte auf einmal die Kraft, sich zu bekennen, und wo hatte sie vorher gesteckt? Es hätte möglich gewesen sein müssen, sie aufspüren, zu ihr vorzudringen und sie früher hervorzuziehen. Wie kam es zu diesem Wunsch, sich zu verankern, zurückzubleiben, in der Nacht vor einem Aufbruch? Ging es überhaupt um Adam? Könnte man diesen Start nicht immer weiter verschieben, von Tag zu Tag, in einem niemals endenden Abschied, einer endlosen Folge immer weiterer letzter Nächte?

Im Sommer des vergangenen Jahres war ein alter Mann zu ihr in die Orthopädiewerkstatt gekommen, unangemeldet, wie aus dem Nichts war er aufgetaucht. Er hatte sich einfach ihr gegenüber an die Werkbank gesetzt und die Hände vors Gesicht geschlagen. Wie er sie angeschaut hatte, mit schreckgeweiteten Augen, die hinter den Fingern hervorschauten, hatte sie die Unterschiede dieser Finger erkannt und wieder gewußt, wer es war. Jahre zuvor hatte sie ihm eine künstliche Hand für den Stumpf seines Unterarmes gebaut, eine ihrer ersten Arbeiten. Seine Hand war einer Krankheit zum Opfer gefallen, einer Fäulnis des Fleisches, die es notwendig gemacht hatte, den Krankheitsherd abzutrennen. Hella war bald nach der Operation zu ihm gerufen worden, wenige Tage, nachdem er die Hand verloren hatte, Hella hatte ihn nie anders erlebt, so freundlich und lebensfroh er auch war, für sie war er immer nur Patient gewesen. Nun hockte er vor ihr auf seinem Stuhl und erzählte, daß am Morgen die Nachricht gekommen sei, die Krankheit habe auch die andere Hand befallen. Wie er so dasaß und schwieg, mit angsterfülltem Blick, die Hände noch immer vor dem Mund – und wirklich waren auf seiner eigenen Hand die Zeichen der Krankheit nicht zu übersehen –, fragte Hella sich, welche der beiden Operationen schwerer zu ertragen war, die erste in ihrer

Unvorstellbarkeit oder diese, im vollen Bewußtsein der Folgen. Er hatte ihr gegenüber in der Enge ihrer Werkstatt gekauert (»Zu wem hätte ich gehen sollen?«), noch immer in der Jacke, und es hatte ausgesehen, als würde er weinen, dabei war es nur die Furcht, die ihm die Augen rötete und seinen Blick starr machte und richtungslos. Er hatte vor ihr gesessen, man hätte nicht sagen können, ob er unaufhörlich nachdachte oder ob es einfach leer blieb in seinem Kopf und er deshalb zu keiner Handlung mehr fähig war, er schien vollkommen erstarrt bis auf diese einzige, winzige Bewegung seiner nun im Schoß zusammengelegten Hände, die Hella erst nach einer Weile aufgefallen war. In unablässiger Wiederholung hatte dort auf seinen Knien die künstliche Hand in kleinen Strichen über seine eigene, angegriffene gestreichelt, als wollte die eine die andere trösten.

Wie Hella so dalag neben Adam und die Augen noch immer kaum geöffnet hatte, hörte sie wieder etwas, ohne erkennen zu können, was es sein mochte, aber da war ein schwaches Rauschen, das von draußen zu kommen schien, von weitem, das sie an etwas erinnerte.

Am Abend, nachdem sie ihn an seinem Fenster mit der Luftgitarre überrascht hatte, hatte sie Tobi gebeten, ihr ein Lied vorzuspielen, das ihm gefalle. Sie merkte, daß er in der Musik einen eigenen Raum betrat, und wünschte, wenigstens für wenige Momente einen Blick hineinwerfen zu dürfen, wenn sie auch an dem leisen Kreischen aus seinen Kopfhörern schon gemerkt hatte, daß sie ihn bald wieder allein in diesem Reich lassen würde. Er hatte eingewilligt, verblüfft und wohl auch ein wenig stolz, und so hatten sie sich auf den Boden seines Zimmers gesetzt, er hatte den Kopfhörer aus der Anlage gezogen, einige

Knöpfe gedrückt und dann neugierig zugeschaut, wie sie reagieren würde. Sie hatte gelächelt – was hätte sie tun sollen? Die Musik sagte ihr nichts, aber sie ahnte, daß dieses Unverständnis Teil des Spiels war, auf das sie sich eingelassen hatte, und sie würde es bis zum Ende spielen. Es waren einzelne, unregelmäßige Schläge, die sie hörte, eine Fülle ineinanderlaufender Töne, darüber ein von sich selbst ergriffener Sänger, der nach Luft rang und dabei Silben ausstieß, die sie nicht verstand. Vielleicht hatte er nicht mitbekommen, daß die Aufnahme bereits lief. Wenn das eine Ballade sein sollte, wurde sie offenbar rückwärts abgespielt, es war die letzte aller Balladen, die voll Kummer ihr eigenes Ende besang. Und unter allem lag ein verzerrtes, bebendes Geräusch, das sich unverändert weiterzog, womöglich eine Übertragungsstörung, die von Zeit zu Zeit anschwoll, wenn der Sänger eine Pause machte, und erst als das Stück endete und dieses dichte, schrille Rauschen übrigblieb, begriff Hella, daß es ein Livemitschnitt war und das Geräusch nichts anderes als das zusammengeballte Johlen, Schreien und Pfeifen einer unüberschaubaren Menge, eine einzige, lange Woge der Begeisterung.

So hörte sich dieses Geräusch da draußen an. Bei der Vorstellung, daß dort in der Dämmerung ein Meer von Menschen stand und sie feierte, mußte Hella lachen, und davon wachte Adam auf und sah sie an und fragte, was los sei, aber sie schüttelte nur den Kopf, und da mußte auch er lächeln, ein wenig unsicher noch, aber dann zog er sie einfach zu sich und drückte ihren Kopf auf seine Brust, und sie fragte sich, warum er das nicht schon viel früher hatte tun können. Erst als ihr die Luft ausblieb, strampelte sie sich frei und nahm nun ihn in den Schwitzkasten, wogegen er sich anfangs noch wehrte, dann aber, den Kopf in ihrem Busen vergraben, nicht mehr, und Hella wunderte sich zum ersten Mal seit langer Zeit nicht mehr, warum sie eigentlich Brüste hatte.

Sie standen auf und zogen sich an, es war an der Zeit. Beide mochten sie nicht in den Speisesaal gehen, Adam fand in seinem Kühlschrank ein Ei und hielt es in die Luft, es sah klein aus. Unser letztes Mahl, rief er, und Hella sagte leise: Unser erstes. Sie sah zu, wie er es ins kochende Wasser legte, die Schale platzte in der Hitze, etwas Eiweiß quoll heraus und erstarrte zu einer festen, unbeweglichen Wolke. Adams Uhr war stehengeblieben, also setzte er sich neben den Herd und zählte mit, die Finger am Handgelenk. Er habe einen Ruhepuls von sechzig, rief er ihr zu, er könne einfach zweihundertvierzig Schläge zählen für ein Vier-Minuten-Ei. Hella deckte den Tisch mit allem Besteck, das sie in seinen Schubladen finden konnte, ein einzelnes braunes Taschenmesser, zwei Eßlöffel, sie tranken aus Weingläsern lauwarme Milch. Hella wollte den Tisch schmücken und lief hinunter, um Blumen zu pflücken, aber kaum war sie vor dem Haus, wollte sie zu ihm zurück, so daß nun einfach Gras auf ihren Plätzen lag, einzelne Halme, die einen Kranz um die Teller bildeten. Adam schlug das Ei auf, doch sein Herz hatte zu schnell geschlagen, das Innere war kaum fest geworden. Er stellte den Eierbecher in die Mitte des Tisches und wollte es würzen, nur war kein Salz mehr im Haus. Hella fiel ein, was sie auf der Fahrt geschenkt bekommen hatte, und fand den Salzstreuer tatsächlich unversehrt in ihrer Tasche, das Püppchen aus weißem Porzellan. Adam verzog das Gesicht, als sie es ihm mit einem Knicks überreichte, aber er ließ es sich schenken und probierte es gleich so heftig aus, daß das Ei, als sie Platz genommen hatten und zu essen begannen, versalzen war. Sie sahen sich an und mußten beide erst lachen, und dann weinte Hella, und Adam weinte wohl auch.

Später half er ihr in den Anzug, der ihr enger erschien als bei der Anprobe. Adam mußte ihre Haare aus dem Verschluß der Halsöffnung befreien und hockte sich dann vor sie hin, um ihr die Stiefel anzuziehen. Zum letzten Mal in die Schuhe geholfen hatten ihr Verkäuferinnen, die dabei ohne Unterlaß auf ihre daneben sitzende Mutter eingeredet hatten, und vielleicht noch Tobis Vater in den letzten Wochen der Schwangerschaft, schon unwillig, und nur, weil es Hella beim besten Willen nicht mehr gelungen war, sich zu bücken.

Adam hatte das Gästebuch der Station mitgebracht, es war ein einfaches System, links trug man sich vor dem Abflug ein, rechts nach der Rückkehr. Hella blätterte zur ersten freien Seite, ohne sich einen der Einträge anzuschauen. Sie schrieb auf die linke Seite: *Es ist ein kleines Licht, das die Nacht regiert. Danke für die freundliche Aufnahme.*

Dann gingen sie hinüber, Hella trug ihren Helm unter dem Arm. Eine düstere Helligkeit lag in der Luft, es blendete, trotz all der Schatten von den vereinzelt den Himmel überziehenden Wolken. Sie sprachen nicht auf dem Weg und hielten einander auch nicht an den Händen, doch als Hella die Rakete sah und das Gestänge der Versorgungstürme dort oben, fiel ihr wieder das Wort Startrampe ein, und sie dachte, daß Skispringer sich unter der Schanze so fühlen mußten beim Blick hinauf, und sie wandte sich zu Adam um, der ein paar Schritte zurückgeblieben war, und sah, daß es ihm nicht anders ging.

Als sie die kleine Anhöhe hinaufgeschritten waren, standen alle schon dort und bildeten Reihen zu beiden Seiten des Weges. Wieder schaute Hella zu Adam, ängstlich diesmal, oder fragend, weil sie nicht wußte, was von ihr erwartet wurde. Er zog die Augenbrauen hoch, schloß zu ihr auf und murmelte etwas, das sich vielleicht darauf bezog, daß ihr Geheimnis entdeckt worden sei, aber sie konnte ihn nicht verstehen, denn nun hatten die anderen sie erkannt und begannen nach Leibeskräften zu jubeln, sie streckten die Hände aus und flatterten mit den Fingern, es war wohl freundlich gemeint.

Dann der Abschied. Maya Ivanova weinte laut und wollte sie aus der Umarmung gar nicht mehr entlassen, sie weigerte sich, Hella freizugeben, bevor sie ihr nicht einige Bonbons in die Hand gedrückt hatte. Ihre Küchenmädchen hatten einen kleinen Strauß Herbstblumen gepflückt, für den Hella sich artig bedankte, bevor sie ihn wieder zurückgab, was die beiden nach einem Moment der Verwirrung auch einzusehen schienen. Hella beugte sich hinunter zu Frau Gospodina, die wieder im Rollstuhl gekommen war und ihr über das Haar strich. Doktor Nyam bat darum, dem Mann im Mond seine Aufwartung zu machen. Hella steckte die Bonbons Belgar zu, der die Hacken zusammenschlug, er schien bei weitem zu gerührt, um etwas zu sagen. Pador ließ es sich nicht nehmen, sie nach einem kurzen Reisesegen mit Handkuß zu verabschieden, was ein abschätziges Grinsen Leo Botroks nach sich zog, der gekommen war, um beste Wünsche des Direktors auszurichten, er habe wieder zu einer seiner Missionen aufbrechen müssen.

Am Ende der Reihe stand Adam. Er gab ihr die Hand und schaute rasch weg, was es leichter machte, wodurch aber ihre Hände länger ineinander verschränkt blieben als geboten war – ihre Finger lösten sich erst, als auch

Hella sich schon von ihm abgewandt hatte. Sie winkte noch einmal in die Runde, dann kletterte sie mit gesenktem Blick die Stufen zum Einstieg hinauf. Je höher sie kam, desto kräftiger blies der Wind durch das offene Gerüst. Sie erklomm eine Treppe nach der anderen, eine Hand am Geländer, nur um oben eine weitere Ebene zu erreichen, auf der sie hinüber ging zum Anfang der neuen Treppe, und dann auch diese hinauf. Als Mädchen war sie an einem Sommertag im Freibad auf den Zehnmeterturm geklettert und hatte hinuntergeschaut. Damals war sie, als sie von oben die Flecken der Badetücher sah und die kleine Gruppe ihrer winkenden Freunde, wieder hinabgestiegen, langsam, mit dem Gesicht zu den Stufen. Jetzt, als sie mitten auf einer der Gittertreppen nach Luft schnappen mußte, fiel ihr Blick zur Seite, und wieder sah sie die hellen Punkte der Gesichter, wie sie hinaufschauten, sie standen über das Startfeld verstreut, jeder einzelne für sich. Adam war nirgendwo zu erkennen. Hella ging einfach weiter, Runde für Runde, als liefe sie den ganzen langen Weg zum Mond zu Fuß. Dann stand sie vor der offenen Luke, und innen war eine weitere Luke, sie schloß jede hinter sich, wie man es ihr beigebracht hatte, dann ging es noch einmal einige Sprossen hinauf, sie sah den Stuhl in der Mitte der Kapsel, halb zurückgeklappt, die Halterungen für Arme und Beine, sie verstaute den Helm und schnallte sich fest, es wurde still. Hella schloß die Augen, ein Schwindel oder schon im vorhinein ein Druck auf den Ohren, als rase sie mit dem Schnellzug in einen Tunnel oder als sei sie bereits gestartet, sie mußte schlucken und lag dann ruhig, nur aus den Kopfhörern in der Lehne ihres Sitzes meinte sie ganz leise zu hören, wie jemand atmete. Oder wie jemand den Atem anhielt. Als würde er jeden Moment zu sprechen beginnen.

ZEHN. IRGEND ETWAS ROCH SELTSAM. Vielleicht war es nur eine Einbildung, und sie glaubte einfach, daß es seltsam riechen müsse, man konnte sich nicht vorstellen, wie es ohne äußere Anzeichen vor sich gehen sollte, ohne Abweichungen, die auf das Außergewöhnliche verwiesen, ein Signal, daß etwas aus der Bahn lief, aus der Gewohnheit. Es wären Lichtblitze zu erwarten gewesen, plötzlich auftretende helle Flecken, einige über das Gesichtsfeld laufende Schleier, eine Trübung, ein Übermaß blinder Flecken. Es hätte sie nicht gewundert, wenn es Geräusche gegeben hätte, einen dieser Pfiffe, ein Zischen oder Pochen, irgendeinen wiederholten Ton, der als aberwitzig verzögerter Trommelwirbel hätte herhalten können, eingebildet oder nicht. Sie hatte Schauer aus Wärme oder Kälte erwartet, Schmerzen von der Anspannung, jetzt saß sie hier, halb liegend, eingezwängt in Gurte, Gerüste und Stützen, und der stärkste Eindruck, den sie hätte nennen können, war das Gefühl einer Verwunderung darüber, den eigenen Körper nicht mehr zu spüren.

Und nun also dieser Geruch. Womöglich nur deshalb so stark, weil anderes fehlte, weil er in dieser zehnten verbleibenden Sekunde, die das Feld roter Dioden am Rand der Kabine undeutlich anzeigte, als vermeintlich greifbarste Wahrnehmung übrigblieb. Im Bruchteil eines Augenblicks ordneten die untersten, ältesten Bereiche ihres Gehirns den Eindruck der wahrscheinlichsten Gefahrenquelle zu, aber nein, es roch nicht nach Brand, nichts schwelte, weder war dort draußen ein Feuer in der Steppe, noch roch es nach verschmortem Gummi, es war auch nicht der Geruch, der sich ergab, wenn sie ihr Auto mit angezogener Handbremse startete. Es war kälter.

Neun. Und es war auch kein Schweißgeruch, obwohl etwas Körperliches hinzugehörte – sie hatte ihr Leben lang geschwitzt, wenn sie aufgeregt war, warum tat sie es jetzt nicht? Nein, kein Schweiß, weder ihr eigener noch eine Erinnerung an Adam. Es war trockener. Noch einmal sog sie die Luft der Kabine durch die Nase ein.

Es waren – acht – auch nicht die Ausdünstungen der Plastikverkleidungen um sie herum, die Lösungsmittel, die aus solchen Armaturen zu Beginn austraten (es mußte ja alles neu sein, obwohl die Ausstattung des Raumschiffs durchaus gebraucht aussah). Hella war sich, sieben, sicher, daß es nicht das Leder ihres Raumanzugs sein konnte, er hing seit Wochen neben ihrem Bett, sie hätte beim Einschlafen bemerkt haben müssen, wenn da etwas roch. Aber es war etwas in dieser Richtung.

Sie hatte sich (sechs, ein kurzer, erschreckender Gedanke) auch nicht in die Hose gemacht. Sie hatte Durst, obwohl sie während des ganzen Frühstücks hatte trinken müssen. Es war ein mechanischer Vorgang gewesen, Adam hatte sie mit Wasser und Tee geradezu aufgefüllt, ihren Körper mit Flüssigkeit ausgekleidet, damit sie, wie er sagte, den Beschleunigungskräften leichter standhalten könne. Es war ein anderer Durst, den sie verspürte, ein heißer, von dem sie nicht einmal ahnte, wie sie ihn hätte löschen sollen. Also saß sie hier, durstig und erschöpft, sie war nicht ängstlich, eher war es ein Gefühl von Vollendung, das sich in ihr ausbreitete, kein Triumph, eine Erleichterung.

Sie hatte noch immer nicht das Gefühl, Kommandantin eines Raumschiffs zu sein, selbst wenn Adam ihr beim Ankleiden erklärt hatte, daß die Schulterstreifen ihr diesen Rang zusprachen. Sie wußte, daß irgendwo jemand saß, der achtgab auf das, was hier geschah, der die Systeme zum letzten Mal kontrollierte, der Lämpchen überprüfte und Signale, den Ausschlag von Zeigern, die Einhaltung der Richtwerte, die Vertretbarkeit des ganzen Unternehmens, einer, in dessen Hände sie sich nun befahl. Ihr Durst hatte nichts mit Wasser zu tun, es roch, fünf, auch nicht nach Regen. Woher auch, selbst wenn sie für einen Augenblick geglaubt hatte, das könne die Lösung sein.

Sie schloß die Augen und schnupperte noch einmal in die Luft. Vier. Waren es etwa die Blumen dort draußen? Die Luke hatte den Morgen über offengestanden, einige Blütenblätter hätten hereingeweht sein können, es war ja kein starker Geruch, es war einfach inmitten der Abgeschiedenheit dieses Ortes der einzige Sinneseindruck. Ein Windstoß hätte ausgereicht, ein Hauch, der noch immer im engen Raum der Kabine hing. Es war tatsächlich schwer zu erkennen, sie hätte den Geruch anfassen wollen, ihn festhalten, damit er ihr nicht jedesmal wieder entglitt.

Es waren, drei, keine Funken, die sie roch, keine elektrostatische Aufladung, die scharf gerochen hätte, nach Schwefel oder, wenn man so wollte, nach Verwesung, aber das war es nicht, das hätte es sein können, aber das war es nicht.

Zwei. Es war nicht einmal die Luft selbst. Wie hätte sie die Luft riechen sollen? Obwohl sie mittlerweile auf alles gefaßt war. Es lag näher, noch näher.

Und wenn es, eins, etwas gab wie ein olfaktorisches Déjà-vu, eine Geruchshalluzination? Ein Zusammenfallen aller Erinnerungen ihres Geruchssinnes in einem einzigen, überreizten Moment, das Vermischen aller bisher aufgenommenen Gerüche zu einem ununterscheidbaren Eindruck, der sich nicht weiter auflösen ließ? Ein Geruch also, der sich wie im Zeitraffer einer Erinnerung in Sekundenbruchteilen vor ihrer Nase abspielte? Nein, es war zu eigen und zu fein, der Geruch war ihr auch, selbst wenn sie noch immer sicher war, ihn noch niemals wahrgenommen zu haben, gleichzeitig seltsam vertraut.

Null. Für einen Augenblick schossen ihr die Rechenbeispiele aus Tobis Büchern durch den Kopf, mit denen die Maßlosigkeit des Weltalls in ein Maß gebracht werden sollte, das den Menschen überschaubar war. Ihr waren solche Modelle immer wie Beschwichtigungsversuche vorgekommen, wie Sandkastenspiele, damit die Kinder zwischen ihren Schaufeln und Baggern hocken blieben statt aufzustehen und festzustellen, daß sich die Welt jenseits des Spielplatzzauns mit ihren Sandförmchen nicht fassen ließ. Aber Tobi hatte nicht genug davon bekommen können, er nannte ihr Haus die Sonne und setzte sein Klassenzimmer in den Kuipergürtel am Rande des Sonnensystems und wußte nun morgens bei jeder Parkbank und jeder Litfaßsäule, für welchen Planeten sie stünden (die Erde erwies sich als übermannshoher, grün, weiß und braun gestrichener Wertstoffbehälter). An einem Sylvesterfest rechnete er aus, wie man die Entwicklung des Universums auf den Zeitraum eines einzigen Jahres übertragen könnte, und ließ in der Neujahrsnacht mit einem gewaltigen Urknall alles beginnen und lange Zeit nichts anderes sein als durcheinanderwirbelnde Materie. Ende August hatte er ihr beim Frühstück mitgeteilt, nun bilde sich allmählich das Sonnensystem, und als er sich die Schuhe schnürte, begannen sich schon einzelne Planeten zusammenzuklumpen. Drei Wochen später erklärte er ihr stolz, allmählich erkalte die Erdkruste. Dann ging es Schlag auf Schlag, es gab Einzeller, Photosynthese, am zweiten Dezember hatte er ihr morgens mit vollem Mund eröffnet, nun beginne die Sexualität. Sie hatte anfangs nicht verstanden, was er meinte, und war wohl ein wenig errötet, so daß er hatte lachen müssen und sie beruhigte, er meine die geschlechtliche Reproduktion. Erst bei seinen Ausführungen zur Bedeutung dieser Entwicklungsstufe hatte sie ihre Fassung allmählich wiedergefunden. Das war der Morgen gewesen, an dessen Ende er, schon im Gehen, gesagt hatte, es werde heute später, sie würden nach der Schule zur Tat schreiten, eine Blockade, er hatte ihr erklärt, um welche Straßenkreuzung es ging, und Hella hatte nur kleinlaut widersprochen.

Und nun saß sie hier, die Augen geschlossen, und durchlebte im Schnelldurchlauf dieses Moments ihrerseits alles noch einmal, von Adam und Eva an. So lief also die ganze Geschichte dieser Welt vor ihr ab, ins Unkenntliche beschleunigt rasten Generationen an ihren Augen vorüber, die Ahnengalerie der Stammesväter verschmolz zu einem irrwitzigen Daumenkino zappelnder Leiber, Tempel wurden zerstört, errichtet und wieder zerstört, Blitze gingen nieder, ihnen entgegen stieg der Rauch Hunderter Brände, die Wetter jagten über den Erdboden, als wollten sie ihn dem Erdboden gleichmachen, es wurde Abend und Nacht und wieder Morgen, ein Tag jagte den nächsten in irrem, flackerndem Wechsel, und als es schließlich an der Zeit war, daß sie selbst geboren werden sollte, erkannte sie draußen vor dem Fenster schon den Widerschein des Feuers unter sich, die Triebwerke zündeten, und endlich wurde ihr klar, was sie die ganze Zeit roch, und sie verstand, warum sie es nicht erkannt hatte, weil es etwas war, das man niemals riechen konnte durch all die Schichten aus Haut und Sehnen und Fleisch hindurch, der schwache Geruch von ihrem eigenen, in ihrem Inneren pulsierenden Blut.

V DAUMEN

BEREITS beim Verlassen der Stratosphäre verlor Hella das Bewußtsein. Sie fiel in Besinnungslosigkeit, wie man in einen längst überfälligen Schlaf fällt. Sie meinte, Lichter zu sehen und dann für eine Weile gar nichts mehr, nicht einmal irgendeine Form von Dunkelheit, was sich ja hätte erklären lassen. Sie hatte – das glaubte sie zu wissen – die Augen weit geöffnet und sah dennoch nichts. Dabei war sie mit den möglicherweise längst selbständig handelnden Resten ihres Bewußtseins noch verblüfft, daß dieses Nichts eher hell war als dunkel, mit einem feinen milchigen Stich, einer Trübung wie in den Augäpfeln eines Blinden. Bisweilen glaubte sie Adam vor sich zu sehen, wie er sich über sie beugte und nach ihr faßte, ohne sie je erreichen zu können, so nahe er ihr auch kam. Manchmal stand er (enttäuscht?) auf und trat an den Rand der Kapsel, über deren ganze Seite sich mit einem Mal ein weites Panoramafenster erstreckte. Eben verschwand etwas aus dem Ausschnitt dieses Fensters, eine kreisrunde Fläche, die, kaum daß sie ihrem Blick entzogen war, in der Erinnerung sofort die Färbung wechselte und vielleicht in hellem Grün marmoriert gewesen war, vielleicht aber auch ganz einfarbig, in einem einzigen dunklen Blau.

Dann wieder Adam, der ihre Hand hielt, stundenlang, wie ihr schien, selbst wenn sie nicht ausmachen konnte, ob die Zeit unterdessen wirklich verging. Immer wieder dämmerte sie ein, mal angeschnallt und mal nicht, ohnehin wechselte die Situation in der Kapsel in einem fort, einmal saß sie in ihrem Schalensitz, halb liegend, ebenso geborgen wie eingezwängt, dann wieder schien ihr das Innere der Raumfähre überraschend offen zu sein, sie sah sich hingestreckt auf dem Boden liegen, der zu ihrer Verblüffung mit schwarzweiß gemusterten Fliesen überzogen war, die in Hella eine neblige Erinnerung auslösten. Wieder wechselte das Licht, und auch das hätte nicht sein dürfen, soweit sie es sich zusammenreimte, aber wenn sie in ihren klareren Momenten Adam darauf ansprach, schwieg er nur. Er saß einfach da, ganz und gar stumm, ihre Hand in seiner, den Blick zum Fenster gerichtet, das sich aufblähte oder zusammenzog wie ein lebendiges Herz. Was sah er dort, was sie nicht erkennen konnte? Oder wartete auch er nur darauf, dort irgendwann etwas zu entdecken?

Sie glaubte, das alles längst einmal erlebt zu haben, diese Unwirklichkeit, das Ausgeliefertsein. Sie stritt mit sich, wann es besser zu fassen gewesen sei, damals oder jetzt, da die ganze Umgebung jeder Erfahrung enthoben war. Sie stellte sich die Frage, ob es die Unwirklichkeit verstärkte, wenn sie sich wie Wirklichkeit anfühlte, oder ob auch das Gefühl von Irrealität selbst möglichst seltsam und fremd zu sein hatte. Mehrmals führte sie die Hand zur Stirn, um zu prüfen, ob sie Fieber habe, bis ihr einfiel, daß ihre eigene fieberwarme Hand die Hitze der Stirn nicht würde spüren können. Sie erinnerte sich, wie Tobi bei einem Winterspaziergang, als sie ihm die Hand über einen gefrorenen Bachlauf hielt, sich gewundert hatte, wie warm ihrer beider Hände seien, dabei war seine eiskalt gewesen, und nur im Vergleich mußte ihre eigene ihm heiß erschienen sein. Sie hatte ihn in dem Glauben gelassen. Nun bat sie Adam, es an ihrer Statt zu prüfen, die Temperatur, den Puls, die Atmung, alles, was ihr angegriffen oder bedroht erschien, aber er saß einfach da und lächelte, so stellte sie es sich jedenfalls vor, denn immer noch war sie ja viel, viel, viel zu schwach, um ihre Augen zu öffnen.

Sie malte sich Gespräche aus, die sie mit ihm führen würde, wenn sie wacher wäre, sie würde ihn fragen, wohin sie flogen, sie würde ihm die Frage stellen, was sie zu sehen bekäme auf diesem Mond.

Adam wandte sich nicht zu ihr um, aber er sagte leise: »Irgend etwas wird es schon zu sehen geben.« Und dann, nach einer kleinen Weile: »Vielleicht etwas Einmaliges, meinetwegen. Etwas Unsichtbares. Wie wäre das?« Sie murmelte, er tue so, als ob sie gleich vor dem Antlitz Gottes stünden.

»Und wenn?« Noch immer schaute er sie nicht an.

Sie habe bislang nicht den Eindruck gehabt, daß Gott sich in besonderer Weise für sie interessiere.

Auch sie schaute Adam nicht an. Absichtlich nicht.

Er sagte: »›Die einzige Entschuldigung Gottes ist, daß es ihn nicht gibt.‹«

»Sagt wer?«

»Ich weiß es nicht. Irgend jemand. Vielleicht ich. Such es dir aus.« Hella war sich nicht sicher, ob sie alles richtig verstand. Sie fragte: »Oder Gott?« Adam verneinte. Er kam näher und versuchte ihre Wange zu streicheln, aber bevor er sie berühren konnte, schlug sie ihm die Hand weg, so daß er fortgerissen wurde, durch die Kapsel und in die Druckschleuse und im allerletzten dieser unzählbaren, namenlosen, niemals endenden Aussetzer, Zufälle, Ausfälle hinaus in den offenen Raum.

Von der Bewegung wachte sie auf.

ES WAR WIRKLICH ADAM, der sich über sie beugte. Auch er trug einen dieser Raumanzüge, einen schwarzen mit silbernen Schnallen. Für einen Moment fragte sich Hella, ob sie nicht besser wieder bewußtlos wurde. Dabei war sie, um ehrlich zu sein, nicht einmal überrascht von ihrer fehlenden Überraschung. Sie fühlte sich erschöpft, verbrannt, ausgezehrt, sie fühlte sich wie die menschliche Kanonenkugel, die sie kürzlich auf einem Zirkusplakat angezeigt gesehen hatte (wie lange war das her?, hatte die Landung bereits stattgefunden?) oder wie eben dem Boxring entstiegen, als Titelverteidigerin angetreten, mit einem dicken Bündel Weltmeisterschaftsgürtel sämtlicher Klassen um den Leib, die sie nun in schneller, erbarmungsloser Folge alle nacheinander verlor, sie fühlte sich, als hätte jemand zu den Bergen gesagt, fallt über uns, und zu den Hügeln, bedeckt uns, sie fühlte sich wie lebendig begraben. Als sei etwas geschehen, das längst einmal hätte geschehen müssen, lang erwartet – oder lang gefürchtet. Als Kind hatte sie bei ihren Spaziergängen im Wald manchmal einfach auf einem Baumstumpf gesessen und gewartet, wann zum ersten Mal etwas geschähe, das sich nicht wiedergutmachen ließ. Sie beschloß zu lächeln, soweit es die maßlose Erschöpfung ihrer Gesichtsmuskeln zuließ. In ihrer Erinnerung fand sich der jähe Eindruck, jemand habe versucht, ihr das Gesicht vom Gesicht zu ziehen. Kein schönes Erlebnis, und so, wie sich ihre Wangen anfühlten, konnte es noch nicht lange her sein. Noch immer riß es bei jedem Atemzug an ihr, als hätte sich etwas gelöst und läge jetzt nur mehr locker auf. Sicherheitshalber behielt sie das Lächeln noch einen Moment lang bei und nahm es nur ganz allmählich zurück. Sie bemühte sich, Worte zu bilden.

»Bist du hier?«

Sie wollte ihm die Arme entgegenstrecken, aber tatsächlich war sie noch festgeschnallt. Sie versuchte sich zu befreien, doch ihre Hände zitterten. Nach einer Weile bemerkte sie, daß es ihr ganzer Körper war, der zitterte.

Als sie das nächste Mal erwachte, war sie losgeschnallt. Adam saß hinter ihr und hielt ihren Kopf. Er sah sie nicht einmal an, sondern starrte mit leerem Ausdruck in die Kabine. Sie folgte seinem Blick und erkannte, daß jemand Tobis Banner an der gegenüberliegenden Wand befestigt hatte. Der Stab war verschwunden, aber der Stoff hing ausgebreitet, und die Abdrücke seiner Hände leuchteten. Direkt darüber war in die Verkleidung der Wand die runde Fassung eines Fensters gesetzt.

»Was würde ich sehen, wenn ich hinausschaute?«

Er sah zu ihr hinunter. »Was soll es schon zu sehen geben?«

»Vielleicht nichts?«

Adam stand auf und trat an das Bullauge, das sie vom Weltall trennte. Er bückte sich und lehnte die Stirn ans Glas, mit seinen Händen schirmte er das Restlicht der Kapsel ab. Sie konnte seinen Kopf nicht mehr sehen, der in dem Bullauge regelrecht verschwand, ein letzter Plattenfotograf, der sich unter seinem Überwurf verbarg. Er nahm sich Zeit für die Belichtung, auch wenn das Licht nur auf seine Netzhaut traf. Wenn es da draußen überhaupt so etwas wie Lichter gab.

»Und?«

Er löste sein Gesicht vom Fenster und rieb sich die Augen.

»Schau selbst.«

»Und wenn da nichts ist?«

»Und wenn?«

Sie traute sich nicht. Sie traute ihm nicht, sie traute der ganzen Sache nicht. Soweit sie von hier aus erkennen konnte, war es vor dem Fenster einfach schwarz. Das besagte nichts, es hätte alles heißen können, sie könnten gestartet sein oder verzaubert oder verbrannt, sie könnten noch immer auf dem Startplatz stehen, wo es inzwischen Nacht geworden wäre. Woran sollte sie das Nichts erkennen, es unterscheiden von der Schwärze des Weltraums? Durch die Sterne? Das wäre die leichteste denkbare Täuschung – wenn sie die Augen schloß, stand da ein ganzes Firmament. Der einzige untrügliche Hinweis auf eine Veränderung war dieses Durchschütteln am Anfang gewesen, das ihr noch immer in den Knochen steckte, die Helligkeit und der Anflug von Lärm, der gleich darauf erloschen war. Der Schmerz. War alles nur ein Jahrmarkttrick, eine Simulation? War die Welt untergegangen? Es hätte sie alles nicht verwundert.

»Komm wieder her, ich glaube dir.«

Er lachte. »Und was glaubst du also?«

»Daß wir fliegen. Daß wir auf dem Weg sind.«

Er kam zurück und setzte sich auf die Kante ihres Sitzes. Wieder nahm er ihre Hand und sah sie an. Es war immer noch wie im Traum, was immer das bedeuten mochte. Sie erkannte ihn kaum mehr, es schien etwas von ihm zurückgeblieben zu sein, das Irdische, sein Blick war stechender, er trug jetzt einen Seitenscheitel, und er lächelte, ohne den Mund zu verziehen. Vielleicht lag es auch nur daran, daß er seine Brille nicht aufgesetzt hatte (falls er je eine getragen hatte, sie wußte es im Moment nicht mehr genau). Sie hatte vergessen, ob sie ihn schon gefragt hatte, warum sie nicht schwerelos seien. Er hätte ohnehin wieder nur gelächelt.

Sie nahm sich vor, aufzustehen. Er würde sie an die Hand nehmen und zum Fenster führen. Schon sah sie das Licht, wie es sich auf dem Metall der Einfassung spiegelte, silbrig und kalt, verzerrt von dem dicken, unzerbrechlichen Glas der Scheibe.

»Der Mond also.«

»Der Mond? Was siehst du?«

Sie beugte sich hinunter und schaute lange hinaus. »Ein helles, rundes Licht.«

»Hast du dich nie gewundert über die Geschichte mit der Rückseite des Mondes? Warum bekommt man die andere Seite niemals zu sehen?«

»Ich weiß nicht.«

»Dann rate.«

Sie konnte sich vorstellen, was seine Erklärung wäre. Daß es alles ein Hirngespinst war, daß es am Ende den Mond gar nicht gab. Beweis: die fehlende Rückseite, es gab ja nichts, was keine Rückseite hatte. Und das einzige, was es doch gäbe, wäre ein Loch. Ein Loch in der Nacht, stellte sie sich vor. Was sie Mond nannten, war nur der Ausgang aus ihrer Welt. Dahinter wäre alles andere, all das, was sich nicht einmal ausmalen ließ, von dem man immer nur diesen einen hellen Ausschnitt sah. Sie fragte leise: »Und dahin fliegen wir?«

Dann standen sie hintereinander am Bullauge und sahen hinaus in die Dunkelheit. Der Mond, falls es ihn gab, war verschwunden, draußen blieb nichts als finstere Nacht, so sehr sie auch starrte. Womöglich hielt einfach jemand die Scheibe zu. Mit der Hand strich sie über den Stoff von Tobis Banner, im Rücken spürte sie Adams Wärme durch das doppelte Leder der Raumanzüge, sie merkte, wie er sich gegen sie lehnte, und drängte sich selbst an ihn, seine

Stiefel stießen an ihre, sein Kinn lag an ihrem Hals und kratzte, wenn sie sich bewegte, es war, als gäbe es sie ein zweites Mal, ein schwarzer, warmer Schatten in ihrem Rücken, vielleicht ihr eigener. Es war vollkommen still, tatsächlich war keine Bewegung auszumachen, nicht das geringste Gefühl einer Beschleunigung, kein Geräusch, keine Spur von Taumel oder Erschütterung, nichts als der feine Luftzug seines Atems an ihrem Ohr. Dann merkte sie, wie er den Kopf ein wenig hob, und schlug selbst die Augen auf.

Sie hatten sich weiter gedreht. Es war die Erde, die jetzt im Ausschnitt des Fensters erschien. Kreisrund und hell schob sie sich in ihr Sichtfeld, sie mußten sie umrundet haben auf ihrem Weg. Hella sah die Bänder der Wolken mit ihren ruhigen, verblüffenden Mustern, dahinter öffnete sich dunkel das Meer, von hier aus erschien es so friedlich und glatt, man hätte hineinspringen mögen. Sie erwartete das Gefühl eines Schwindels, aber zu ihrem Erstaunen stand sie vollkommen fest. Wohin hätte sie von hier aus auch fallen sollen? Zwischen den Wolken versteckten sich die Landmassen irgendeines Erdteils, der Anblick von all dem Braun und Ocker und Grün überschwemmte sie mit Erinnerung, sie kannte das alles ja, die Farben und das, was die Farben trug, sie hatte es alles berührt und hätte es wieder berühren mögen, wie es so klein und fest vor ihr schwebte. Es löste Sehnsucht aus, einfach nur, weil es vertraut war. Es war etwas Seltsames mit Abschieden, nie war sie gut darin gewesen, immer hatte sie versucht, ihnen zu entkommen, sie hatte, um einer letzten Begegnung auszuweichen, Grußzettel geschrieben, immer aufs neue, und am Ende auch diese wieder zerrissen. Sie hatte sich vorgenommen, noch einmal zu telefonieren und die Nummern verlegt, sie hatte allen Menschen, die sie kannte, Plätze im Album ihrer Erinnerung versprochen und dennoch die meisten aus dem Gedächtnis verloren.

Hella schaute sich um, über ihre Schulter. Es war von Adam kaum mehr zu erkennen als der Scherenschnitt seines Gesichts und dahinter die Kabine wie ein langgezogener, schwarzer Gang. Sie wollte ihre Stirn an seine legen, aber sie reichte nicht bis zu ihm heran. Sie wollte etwas sagen, doch es kam nichts als ein einzelner leiser Ton, der langsam in der Dunkelheit verhallte wie ein Lachen. Es gab nicht viel Luft hier in dieser Kabine. Sie meinte, ein Rauschen zu hören oder ein Rufen. Dann wandte sie sich zu dem Rund des Fensters zurück, zu dem blassen, hellgelben Licht, das dort hereinfiel, und hob langsam die Hand, um zu winken.

FSC
Mix
Produktgruppe aus vorbildlich
bewirtschafteten Wäldern und
anderen kontrollierten Herkünften
Zert.-Nr. GFA-COC-1262
www.fsc.org
© 1996 Forest Stewardship Council

Verlagsgruppe Random House FSC-DEU-0100
Das für dieses Buch verwendete FSC-zertifizierte Papier *EOS*
liefert Salzer, St. Pölten.

1. Auflage

Typographie und Satz: DVA/Brigitte Müller
Gesetzt aus der Cochin
Druck und Bindung: Friedrich Pustet, Regensburg
Printed in Germany
ISBN 978-3-421-04343-6

www.dva.de